Oliver Peetz

**Katzentango
Psychothriller**

Bibliografische Information der Deutschen National-bibliothek:
Die Deutsche Nationalbibliothek verzeichnet diese Publikation in der Deutschen Nationalbibliografie; detaillierte bibliografische Daten sind im Internet über http://dnb.dnb.de abrufbar.

© *2016 Oliver Peetz*

Illustration: **Oliver Peetz**
Lektorat: Brigitte Bund,
  Gaby Piotraschke
Herstellung und Verlag: BoD – Books on Demand, Norderstedt

ISBN: 978-3-7412-4169-7

Dieses Buch widme ich meiner Tochter Malina

Kapitel 1
Notiz eines jüdischen Mädchens

Geschrieben im Winter 1943
Entdeckt im April 1945

Bei der Befreiung Nazideutschlands durch alliierte Streitkräfte im Frühjahr 1945 entdeckte ein amerikanischer Soldat in einer der zahlreichen Baracken eines Konzentrationslagers eine Blechschachtel. Sie befand sich in einem Hohlraum hinter einer Bretterwand versteckt und gehörte der vierzehnjährigen Anna Rosenthal, die, genau wie ihre Eltern, in dem Lager ermordet worden war. Neben ein paar Habseligkeiten, einem Foto, ein paar Knöpfen und einer kleinen Handpuppe fand man auch folgende Notiz des Mädchens in dieser Schachtel:
Jetzt, da ich Gewissheit habe, dass ich sterben werde, habe ich keine Angst mehr vor dem Tod. Ganz im Gegenteil. Hier bedeutet es mein Ende, aber auf der anderen Seite ist es fürwahr der Anfang und die Wiederkehr. Ich bete jetzt bald stündlich, dass es zum Abschluss kommen mag und ich diesen Ort des Grauens verlassen kann. All das Leid, welches sie uns antun, all die Schreie und das Elend sind nicht in Worte zu fassen.
Es ist schon seltsam, aber ich bin mir gewiss, in der Stunde des Todes wird meine Seele zu einem Engel

werden, auf dass ich dem Schöpfer des Universums dienen darf, in alle Ewigkeit.

Nur zu gerne würde ich meine geliebte Mutter und meinen lieben Vater noch einmal in die Arme schließen, um ihnen zu sagen, dass ich eine schöne Kindheit hatte, ihretwegen.

So kalt scheinen doch das Blut und die Herzen derer zu sein, die mit unbarmherziger Grausamkeit in diesem Lager unser Schicksal bestimmen. Als stünden sie auf einer Empore mit unserem Schöpfer selbst, und mir zweifelt an Gerechtigkeit in diesen Tagen, so sehr fehlt mir doch der Halt meiner geliebten Eltern. Und ich weiß nicht einmal, ob sie am Leben sind.

Ich werde sie wiedersehen, aber wohl erst im ewigen Leben. Und irgendwann werden sich unsere Peiniger verantworten müssen. Dort auf der anderen Seite.

Kapitel 2
Notizen eines deutschen Arztes

Niedergeschrieben im Winter 1943
Von Polizeibeamten im Herbst 1981 entdeckt

Es kommen immer neue Züge mit Waggons in das Lager. Ich kann von meinem Schreibtisch aus durch ein Fenster direkt auf die gegenüberliegende Rampe sehen, von der täglich hunderte von Juden hergebracht werden. Der Strom reißt nicht ab, und bei dem Anblick dieser Vielzahl, die hierher deportiert wird, hege ich ernsthafte Zweifel an der von Hitler angelegten Endlösung bezüglich der Judenfrage. Aber es obliegt mir nicht, dieses in Frage zu stellen, und so werde ich weiter meiner täglichen Arbeit nachgehen und „sie" untersuchen, befragen, zählen, kategorisieren.
Bei dem Gedanken daran wird mir direkt übel, aber ich bin Arzt und Offizier, und ich habe Haltung zu bewahren, obwohl es mir schwerfällt.
Es ist in der Tat eine primitive, von niederen Instinkten getriebene Rasse, der man nicht trauen darf. Heimtücke und Hinterlist stehen in ihren Augen geschrieben. Bei jedem Einzelnen ist es zu erkennen, ausnahmslos. Und selbst die jüngere Generation, die Kinder jener Untermenschen, scheinen mit dieser tiefverwurzelten und mit Sicherheit genetisch bedingten Veranlagung behaftet zu sein.

Nur in den Augen der ganz Kleinen, der Einjährigen und der Säuglinge, ist diese Unart im Blick noch nicht zu vernehmen. Wobei mir hierzu allerdings die nötigen Fallstudien fehlen, um dieses Phänomen genauer beurteilen zu können. Die meisten der Kinder im Alter von unter vier Jahren überleben den Transport hierher ohnehin selten bis gar nicht. Bei den derzeitigen Außentemperaturen jetzt im Februar grenzt es an ein Wunder, wenn überhaupt eine Handvoll lebendig aus einem Waggon herauskommt.

Es ist eine seltsame, kränkliche Rasse, eine schlechte Laune der Natur, die es zu bereinigen gilt. Sie gehören nicht auf diese Erde, und es muss unser aller Streben sein sie auszumerzen. Könnte ich doch nur einen Weg finden, diese Brut schneller auszurotten. Die Männer allesamt schmalbrüstig, weinerlich, ganz gleich welchen Alters. Sie sind nicht zum Arbeiten geboren, diese Juden. Vielleicht resultiert ihre Gier nach Geld, Gold und Reichtum aus ihrer gebrechlichen körperlichen Verfassung. Wie sonst wäre es zu erklären, dass nicht einer unter den männlichen Erwachsenen dabei ist, der auch nur annähernd die Anzeichen von körperlicher Tüchtigkeit aufweist. Sie sind nicht für Produktivität geschaffen. Und sie wirken verschlagen, als dürfe man sie nie aus den Augen lassen, da sie einen sonst hintergehen oder einem gar Schlimmeres antun. Außerdem besitzen sie ein ausgezeichnetes schau-

spielerisches Talent, welches sie ungehemmt und mit perfider Perfektion einsetzen, um an ihre persönlichen, niederträchtigen Ziele zu gelangen. Sie besitzen keinerlei Rückgrat, und wenn ich diesen Juden bei meinen Untersuchungen mitteile, dass ich ihnen Terpentin zu Versuchszwecken injizieren werde, dann weinen und jammern sie wie Babys.
Ihre Gier nach Reichtum lässt sich mit einem Virus gleichsetzen, von dem dieses Volk befallen scheint, wie einst die spanischen Inquisitoren. Selbst in ihren Namen dreht sich alles ums Gold. Goldmann, Goldbaum, Goldblum und wie sie sich alle nennen.
Das Ergaunern von Gold hat bei ihnen höchste Priorität, und fast ein jeder hat bei der Ankunft im Lager etwas davon bei sich. Sei es in Form von einer Uhr, einer Kette, Schmuck oder Zahngold. Sie trennen sich nur mit äußerst beharrlichem-Widerwillen von diesen Besitztümern. Es kommt mir manches Mal vor, als gäben sie ihre eigenen Kinder bei der Sortierung leichteren Herzens weg.
Viele von denen versuchen ihre Wertsachen gar zu verstecken, indem sie sich ihr Gold oder andere Wertgegenstände rektal einführen. Eine Ungeheuerlichkeit, die an Widerwertigkeit nicht mehr zu überbieten ist und die Erbärmlichkeit dieser Rasse beschreibt.
Bei meinen Untersuchungen gebe ich ihnen einmalig Gelegenheit, mir ihr vorsätzliches Zurückhalten der Wertsachen zu gestehen. Sind sie geständig,

müssen sie sich unter Aufsicht und nach Einnahme von Rizinusöl entleeren. Eine Prozedur, die mich bis in meine Träume verfolgt und von der mir regelmäßig übel wird, obgleich ich als Arzt einiges gewohnt bin. Wenn sie jedoch leugnen, gibt es keine Gnade, denn ich verabscheue ihre Lügen. Dann mache ich sie auf. Bäuchlings angeschnallt auf einer OP- Liege, mit einer Kissenrolle unter dem Hüftbereich, schneide ich sie auf, und es erinnert stark an das Ausweiden eines frischen Fisches. Ich mache vom Anus her einen Skalpellschnitt über den Steiß, um dadurch zügig und mit einer Hand an ihr stinkendes Versteck zu gelangen. Es ist ein hohes Maß an Selbst-beherrschung und Kraftaufwand von Nöten, denn sie wollen schreien, und sie winden sich, entwickeln aus diesen mageren Körpern heraus plötzlich ungeahnte Kräfte. Und nur mit Hilfe meiner Assistenten gelingt es relativ zügig sie aufzuschneiden und ihnen die Wertsachen dort zu entnehmen. Es bedarf hier in
meinen schriftlichen Aufzeichnungen keiner besonderen Erwähnung, was für Unannehmlichkeiten dadurch entstehen. Manch einer ist dabei verstorben, aber die Trefferquote liegt bei über achtzig Prozent, und so sind sie eigens Schuld an dieser Situation. Sie hatten ihre Chance, allesamt.
Bei den Frauen ist es nicht anders. Sie sind unzüchtig und wollüstig, lassen keine Gelegenheit aus, um sich ihren sexuellen Trieben hinzugeben.

Meine Frage, ob sie sich auf sexuelle Handlungen einlassen würden, wenn dadurch Verwandte, der Ehemann beispielsweise oder die Kinder freikommen würden, bejahen diese ruchlosen Personen fast ausnahmslos. Wenn ich dann mit ihnen fertig bin, gehen sie tatsächlich davon aus, jemand Nahestehendem würde die so schändlich erkaufte Freiheit gewährt werden. Was für ein dummes, jämmerliches Volk.
Es ist eine charakterlose Rasse, für die kein Platz vorgesehen ist oder war, und wenn man …

»Ja bitte!«
»Entschuldigen Sie die Störung, Doktor Heyde, aber hier ist ein Mann, der behauptet krank zu sein und Sie dringend sprechen zu müssen.«
»Registriert oder Neuankömmling?«
»Direkt vom Zug.«
»So, so. Gerade eingetroffen und schon die ärztliche Versorgung in Anspruch nehmen. Da bin ich aber gespannt, bei solch maßloser Unverfrorenheit. Bringen Sie diesen Mann rein.«
»Bitte … bitte entschuldigen Sie, Doktor. Ich bin krank, habe die Röteln … vermutlich. Sie wissen es besser … aber …«
»Was aber?«
»Meine Frau … man hat meine Frau … mich von meiner Frau getrennt … bitte kann ich meine …«
»Ihre Frau? Nur eine weitere Hure, und deswegen unterbrechen Sie mich bei meiner Schreibarbeit?«

»Bitte ... ich flehe Sie an.«
»Hören Sie auf zu heulen, Sie Memme. Und kommen Sie zu mir.«
»Ich ...«
»Sie sollen zu mir kommen. Halt! Bis dahin und nicht weiter.«
»Ich sagte ja, ich bin krank, habe die Röteln ...«
»Die Röteln? Wache! Entfernen Sie augenblicklich diese Person. Lassen Sie sie eliminieren ...«
»Was? Nein ... bitte ... nicht.«
»... und waschen Sie sich anschließend gründlich. Am besten nehmen Sie ein Vollbad, der Mann hat eine schwere, ansteckende Krankheit. Und eliminieren Sie alle Neuankömmlinge mit den gleichen Symptomen, also diesen rötlichen Flecken im Gesicht. Und jetzt raus hier!«

Nun werde ich schon genötigt mich einer Lüge zu bedienen, um nicht weiter bei meiner Arbeit gestört zu werden. Ich hege große Zweifel, ob weitere Versuche und die Untersuchungen dieser Menschen zum gewünschten Erfolg führen. Sie sind absonderlich und undurchsichtig. Aber es obliegt mir nicht, dieses zu beurteilen.

Als Arzt und Offizier habe ich meine Pflicht zu tun. Also werde ich weiter meiner Arbeit nachgehen und diese rattenähnlichen Individuen analysieren.
Möge Gott uns von dieser Plage befreien.

Dr. Johann Paul Heyde
14. 2. 1943

Kapitel 3
Unbeschwerte Kindheit

Vierzig Jahre später …

Mein Name ist Iho. Das sind die Anfangsbuchstaben meines dreiteiligen Vornamens, denn eigentlich heiße ich Ignaz-Horst-Otto. Das waren die Namen meiner Vorfahren väterlicherseits. Alle drei starben in einem Krieg. Ich wundere mich, dass es mich überhaupt gibt. Ignaz war mein Ururgroßvater. Er starb in der Schlacht bei Weißenburg im deutsch-französischen Krieg. Das Bajonett eines jungen Franzosen bereitete ihm das Ende. Er sah es noch kommen, bevor die am Gewehrlauf aufgepflanzte Klinge sein Auge durchbohrte und tief in sein Gehirn eindrang. Er war sofort tot.
Mein Urgroßvater fiel im ersten Weltkrieg in der Schlacht um Verdun. Wieder die Franzosen. Ihn hatte es allerdings nicht so gut getroffen wie Ignaz. Urgroßvater Horst starb durch Schwefellost. Besser bekannt unter der Bezeichnung Senfgas, das in den letzten Jahren des Krieges mehr und mehr zum Einsatz kam. Und durch welches Horst, wie viele andere seiner Kameraden auch, qualvoll erstickte. Dabei hatte er seine Gasmaske – die zur Standard- Ausrüstung der Soldaten in den Schützengräben von Verdun gehörte – schon längst aufgesetzt. Allerdings

hatte er beim Wechseln des Atemfilters vergessen, einen neuen Filter einzusetzen, und so atmete er das Gas ungeschützt ein und erstickte auf dem belgischen Schlachtfeld.

Opa Otto starb im nächsten großen Krieg, dem zweiten Weltkrieg. Oma hatte oft und viel davon erzählt. Wie genau er allerdings ums Leben kam, blieb ein Rätsel. Er kämpfte an der Ostfront in Russland, und vermutlich starb er an Hunger und Unterkühlung. Erfroren in Eis und Schnee der harten russischen Winter, denn er kam nie in Stalingrad an. Soviel war bekannt.

Aber zurück zu meinem Namen. Was meine Eltern oder besser gesagt mein Vater sich bei meiner Geburt dabei gedacht hatte – er entschied das alleine –, kann ich nicht sagen. Entweder war er betrunken oder er wollte mich gleich zu Beginn meines Lebens bestrafen. Oder beides. Das konnte er gut, der alte Herr. Saufen und Strafen verhängen.

Meine Mutter weinte tagelang, als sie von der Namensgebung erfuhr. Die drei Namen hatte mein Vater ganz klammheimlich, ohne Mutters Wissen, in das Stammbuch eintragen lassen.

Als dann die Krankenschwester mit mir auf dem Arm ins Zimmer der Entbindungsstation trat und freudestrahlend meinte: *Hier ist der kleine Ignaz-Horst-Otto*, war Mutter völlig entsetzt. Sie beharrte darauf, dass es sich bei dem Kind um eine Verwechslung handeln müsste. Ihr Junge hätte nicht so einen selten dämlichen Namen. Genau das sagte sie spontan. Richtig intensiv wird sie sich damals in der Zeit nach meiner Geburt nicht mit mir beschäftigt haben, sonst hätte sie doch erkannt, dass es sich um ihren eigenen Sohn handelte und nicht um eine Verwechslung. Ich meine, selbst im Alter von ein oder zwei Tagen, kann man Säuglinge doch unterscheiden.

Nachdem mein Vater meine Mutter dann von der Richtigkeit des Kindes und des Namens überzeugt hatte, war mein Name und damit ich – keine zwei Tage nach meiner Geburt – das Streitthema der kommenden Jahre. Später dann, nachdem ich langsam begriffen hatte, was mein Vater mir damit antat, suchte ich nach einer Möglichkeit diesen Namen loszuwerden. Ich überlegte hin und her, und irgendwann kam ich auf die glorreiche Idee, einfach die Anfangsbuchstaben meiner Vorfahren zu nutzen, um daraus Iho zu formen.

Mutter küsste mich ohne Unterlass, als ich ihr die rettende Idee mitteilte. Und sie ließ von dem Augenblick an keine Situation ungenutzt, um mich – im Beisein meines Vaters – mit dem neugewonnenen Namen anzusprechen. Sie betonte ihn bewusst provokant, und ich wurde erneut Anlass und Mittelpunkt ihrer Streitigkeiten. Mir war es egal. Ich war nun Iho.

Und als Iho steckte ich zehn Jahre später in ernsthaften Schwierigkeiten.

Ich kämpfte um mein Leben, denn ich war kurz davor zu ersticken. Sollte das wirklich mein Ende sein? Sterben, in so jungen Jahren? Panik überkam mich, und mir wurde schwarz vor Augen. *Durchhalten!*
Aber das war leichter gesagt als getan, denn ich bekam keine Luft mehr, und mir wurde übel. Atemnot! Meine Augen brannten von dem dichten, beißenden Qualm. Ohne mir den Pullover vor Mund und Nase zu halten, hätte ich es gar nicht mehr ausgehalten.
Wie machen die anderen das nur? Die sitzen noch ganz ruhig da, obwohl der Innenraum des Autos schon so verqualmt ist, dass man nicht mehr nach draußen sehen kann.
Wie halten die anderen das hier drinnen aus? Meine Lunge brennt, und mit jedem Atemzug wird es schlimmer und das Atmen schwieriger.
Aber ich wollte unter gar keinen Umständen der Erste sein. Kein Weichei. Kein Loser. Sie würden mich dann in den nächsten Tagen immer wieder aufsuchen. Sie würden keine Gelegenheit auslassen, um mich wieder zu beschimpfen und wahrscheinlich auch zu ohrfeigen, auf mich einzuprügeln und über mich zu lachen.

So wie beim letzten Mal, da war ich aus Versehen mit meinem Fahrrad durch ihr Revier gefahren, und sie hatten mich verfolgt. Drei ausländische Jungs, älter und größer und auf ihren Fahrrädern viel schneller als ich.

Eigentlich waren sie cool. Man durfte nur nicht gegen ihre Regeln verstoßen oder sie sonst irgendwie reizen. Dann konnte man ganz gut mit ihnen zurechtkommen. Und das musste man in unserem Viertel auch, denn dort herrschte Kriminalität und Gewalt. Es bestand aus schäbigen Wohnblocks, in denen Menschen aus der sogenannten Unterschicht eine Bleibe fanden. Die Sozialschwachen, mit einem hohen Ausländeranteil. Das Viertel galt als sozialer Brennpunkt. Alkohol und Drogen standen auf der Tagesordnung sowie Überfälle auf alte Damen, denen man die Handtaschen klaute. Und vor dem Supermarkt stand ständig ein Polizeiwagen, weil man wieder einmal jemanden beim Klauen erwischt hatte. Am Kiosk kam es Abend für Abend zu Streitigkeiten zwischen den Säufern und Pennern, die dort ständig herumhingen und das billige Bier in sich hineinschütteten.

Für meinen Vater waren die Ausländer am schlimmsten und an allem schuld. Er schimpfte über die Kopftücher der türkischen Frauen und geriet regelmäßig in Wut, wenn die Großfamilien im Sommer abends draußen auf dem Rasen saßen und Lamm grillten. Er schrie sie dann oft vom Balkon aus an, dass sie sich zurück in ihre Heimat verziehen sollten und schmiss mit irgendwelchen Dingen, die er gerade in die Finger bekam, nach ihnen. Wenn ich ihm dabei zu sah und er mich bemerkte, dann grinste er mich von oben an und tat so, als wäre es

ein Spiel. Aber nur ganz kurz. Sobald er die da unten wieder im Visier hatte, änderte sich sein Gemütszustand erneut auf „Aggression". Ich verstand diesen Wechsel seiner Emotionen nie. Er war in allen Belangen ein Rätsel für mich. Vielleicht war er auch nur zu oft unter dem Einfluss von Alkohol. Wie dem auch sei. Wir waren ständig in Konflikt. Vater und ich untereinander und wir beide gegen die Bande dort draußen.
Wenn man wie ich noch zusätzlich klein und schwach war, hatte man schlechte Karten. Man war immer und überall irgendwelchen Attacken ausgesetzt. Dauerstress.

Ich war also damit beschäftigt, um mein Leben zu radeln, denn ich hatte gegen eine ihrer Regeln verstoßen. Nachdem mir bewusst geworden war, dass ich Mist gebaut hatte und sie hinter mir her waren, war ich so heftig in die Pedale getreten, dass meine Beine schon nach wenigen Metern anfingen zu schmerzen und zu brennen.
Ich ignorierte die Schmerzen, und ich ignorierte meine Schwäche. Vermutlich half mir dabei mein durch Angst ausgelöstes körpereigenes Adrenalin. Aber es nützte nichts. Sie holten mich ein und drängten mich ab, sodass ich mit dem Lenkrad meines Rades an einem Zaun hängenblieb und stürzte.
Das war's.
Der eine von ihnen, der Anführer dieses Trios, verpasste mir gleich eine Ohrfeige.

»Was sollte das denn, du kleiner Wichser?! Was hast du über unseren Platz zu fahren, hä?«
Und dann bekam ich auch schon die zweite Ohrfeige. Die anderen beiden Jungen traktierten mich mit schmerzhaften Tritten, und ich wusste nicht, wie ich mich schützen sollte. Ich wollte das nicht. Viel lieber hätte ich zu ihnen gehört, als mich jetzt verprügeln zu lassen.
Ich hatte Angst, wollte aber nicht ängstlich oder feige wirken. Ich wollte einfach nur irgendwie aus dieser Situation rauskommen. Niemand mochte als Junge von älteren Jungs verprügelt werden.
»Hört doch auf, bitte!«
Ich flehte und bettelte wie ein Mädchen, nur um mich aus dieser Situation zu befreien, und ich schämte mich augenblicklich für meine jämmerliche Art. Das wollte ich noch viel weniger, als von ihnen verhauen zu werden. Es kam einfach aus mir heraus. Ein Impuls. Der klägliche Versuch meine Haut zu retten. Er scheiterte und machte mich vor ihnen nur noch kleiner, als ich ohnehin schon war.
»Du Waschlappen! Seht euch das Opfer an!«
Wieder bekam ich eine Ohrfeige, und mein Kopf flog unkontrolliert zur Seite. Sie äfften mich nach, machten sich über mich lustig, amüsierten sich.
»*Hört doch auf, bitte. Buääh. Heul doch!*«
Sie lachten laut und gehässig, und ihr Anführer schlug mich erneut, während die beiden anderen die Ventile aus den Reifen meines Rades drehten

und die Luft rausließen. Sie lachten alle drei wieder, meinten, dass ich ein kleiner Scheißer wäre, eine deutsche Kartoffel und doch besser zu Mutti laufen sollte. Ich sah runter auf den Boden. Zum einen, weil ich mich schämte und Angst hatte. Zum anderen, um den Schlägen zu entgehen. Es war die Haltung eines Gedemütigten, in der ich verharrte.

Als der Anführer mich auf einmal anschrie, dass ich ihn gefälligst ansehen sollte, hörte das Gelächter der anderen sofort auf. Jetzt bekam ich richtig Angst, meine Knie begannen heftig zu zittern, und aus dem Augenwinkel sah ich, dass der Anstifter mächtig wütend aussah. Ich bekam es kaum mit, als er mir mit der Faust ins Gesicht schlug. Er war viel zu schnell in seinen Bewegungen. Ich konnte dem Schlag nicht ausweichen. Dieses Geräusch, als seine Faust mein Auge traf ... *ein fauler Apfel, der mit hoher Geschwindigkeit auf eine Wand trifft.*

Dann wurde es angenehm dunkel. Ich fiel in ein riesiges, schwarzes Nichts.

Als ich wieder zu mir kam, waren sie weg und meine Hose auch. Ich musste erstmal warten, bis ich mich wieder zurechtfand und erkannte, wo ich war und was passiert war.

Ich hatte Blut im Mund, viel Blut. Durch die Dauer der Ohnmacht war es halb geronnen und verklebte mir die Mundhöhle. Ein riesiges Karamellbonbon mit Blutgeschmack. Ich hätte mich fast übergeben. Mein linkes Auge war zugeschwollen und schmerzte

heftig. Ich spürte meinen Puls in der Augenhöhle, und die Haut spannte von der Wange bis zur Braue. Es hätte mich nicht gewundert, wenn alles wie eine überreife Tomate aufgeplatzt wäre.
Ich wollte nicht, dass mich jemand in dieser kläglichen Situation ohne Hose sah. Das wäre der Gipfel der Erniedrigung gewesen. Ein schales Gefühl von Einsamkeit und Selbstmitleid gesellte sich zum Geschmack von Blut.
Es konnte jederzeit jemand vorbeikommen, schließlich war es ja ein Wohngebiet. Was ich bräuchte war ein Loch, das sich auftat und in dem ich einfach verschwinden könnte. Und wo befand sich meine Hose? Alles drehte sich. Ich hatte Schmerzen. Es war kalt, und ich kämpfte mit den Tränen. Schließlich fand ich meine Cordhose, sie war an den Rahmen meines demolierten Rades angeknotet. Ich kroch auf allen Vieren, wie ein Hund mit Hüftleiden, immer in der bangen Angst von irgendjemandem gesehen zu werden.
Mein Rad? Ich liebte dieses Rad, und jetzt war es nur noch ein Haufen Schrott.
Sie hatten es komplett zertreten. Vorn und hinten waren die Felgen verbogen, und einzelne Speichen ragten wie kleine Antennen in die Luft. Der Lenker war abgebrochen, und der Sattel steckte verkehrt herum aufgespießt auf der Sattelstange. Es war ein jämmerlicher Anblick. Ich brauchte eine Ewigkeit, um meine Hose von dem Rahmen abzubekommen.

Ich sah mich immer wieder um und weinte. Zum Glück kam in dieser Zeit niemand vorbei.

Nachdem ich meine Hose wieder angezogen hatte, machte ich mich auf den Weg nach Hause. Wie ein geprügelter Hund. Mein Fahrrad musste ich tragen. Schieben oder fahren ging ja nicht mehr. Aber ich wollte es da nicht liegen lassen, obwohl ich wusste, dass es Schrott war. Das war für mich so, als würde man einen Freund zurücklassen. So wie in den Western, wenn der angeschossene Cowboy sagte: *Lass mich hier liegen, reite du weiter. Ich werde die Indianer aufhalten* und der andere Cowboy wusste, dass sein Freund sterben würde, ihn aber trotzdem nicht zurückließ. So war das mit dem Rad. Ich trug es unter Schmerzen auf dem Rücken nach Hause. Und ich musste weit gehen. Mit dem Rad waren die Strecken in der Siedlung kurz, aber zu Fuß mit zwanzig Kilo auf dem Rücken? Es war eine Tortur, ich hatte diese unerträglichen Schmerzen im Gesicht, in den Rippen und in den Hoden. Ich konnte kaum laufen, aber ich schaffte es bis nach Hause.

Dass ich dann von meinem Vater auch noch Schläge bekam, als er mich und mein Rad in dem Zustand sah, überraschte mich nicht. Es war mir schon egal, wie hieß es so schön: Der Mensch ist ein Gewohnheitstier.

Mein Vater brüllte donnernd, dass ich ein kleiner Feigling wäre.

»Warum kannst du dich nicht wehren? Du bist doch kein Mädchen, oder doch? Und sag mir nicht, dass das wieder diese ausländischen Blagen waren?«

Was sollte ich darauf antworten? Dass sie zu dritt waren und mindestens vier, fünf Jahre älter als ich? Solche Argumente zählten bei meinem Vater nicht. Mein Vater war da anders. Er hätte es mit Dreien aufgenommen. Ein Baum von einem Mann. Er war stark. Mächtig. Er war jahrelang in der Armee gewesen, hatte dort geboxt, und die errungenen Medaillen hingen bei uns zu Hause im Flur. Damit jeder, der zu uns kam, sofort wusste, mit wem er es zu tun hatte.

Selbst der Weihnachtsmann, der einmal versehentlich am Heiligabend bei uns klingelte – er wollte die drei Kinder in der Wohnung über uns beschenken und hatte sich in der Etage geirrt –, musste sich seine Heldentaten und Geschichten über vorzeitige K.O.- Siege anhören, bevor er wieder gehen durfte, um seinen Job zu erledigen.

Mein Vater hätte diesen drei Jungs die Hosen ausgezogen und sie so sehr vertrimmt, dass sie dergleichen nie wieder gewagt hätten. Ich nicht. Ich war schwach, und mein Vater hasste mich dafür. Ich war nicht wie er, und das würde ich auch nie werden.

»Du bist wie ein Mädchen. Nein, du bist ein Mädchen. Hast du überhaupt Eier?« fragte er mich dann immer.

Behandelte man seinen einzigen Sohn auf diese Art

und Weise? Ich hasste ihn dafür.
»Und du willst mein Sohn sein? Ich glaube, ich muss mich mal mit deiner Mutter unterhalten. Die weiß da vielleicht etwas, was ich nicht weiß!«
So war das. Rad weg. Prügel bekommen. Auge dicht. Denunziert vom Vater. Meine Kindheit eben. Nicht sehr schön, aber ich dachte daran, dass irgendwo auf dieser Welt andere Kinder lebten, denen es noch schlechter ging als mir. das half ein wenig. Ich kannte es nicht anders. Ich war so aufgewachsen.

Und jetzt saß ich mit den gleichen drei Typen – die mich verprügelt hatten, nur weil ich über ihr Territorium gefahren war – in dem alten Autowrack bei den schäbigen Garagen am Rand unserer Wohnsiedlung. Eine Zigarette nach der anderen rauchend, bis die Karre so zu geräuchert war, dass man die Hand nicht mehr vor Augen sah und man keine Luft mehr bekam.
Es war eine Mutprobe. Eine Aufnahmeprüfung. Ich war gerade von der Schule gekommen, als die drei dort am Auto standen. Mein Schulweg führte an den Reihen von Garagen entlang, dann durch den angrenzenden Wald, bis hinunter zu unserer Schule. Und als ich nun ankam, sahen sie mich und kamen auf mich zu.
Wegrennen war keine Option. Also ließ ich es und versuchte meine Angst vor ihnen zu überspielen, indem ich sie grüßte.

Das „Moin Jungs" klang total bescheuert, und ich bereute es sofort.
Moin Jungs? Was sollte das denn? Diese Idioten haben dich vor kurzem so durch den Dreck gezogen, und du grüßt mit „Moin Jungs"!?
Es war egal, es war zu spät. Sie kamen direkt auf mich zu. Aber zu meiner Verwunderung waren sie nett zu mir. Sie grüßten mit einem „Moin Moin" zurück, und dass sie dabei verstohlen lachten, fiel mir nicht auf. Sie stellten sich sogar vor und entschuldigten sich für die letzte Aktion, aber ich blieb dennoch skeptisch und aufmerksam. Dann fragten sie mich, ob ich bei ihnen „mitmachen" wollte. Na klar wollte ich! Was für eine Frage. Dann wäre ich ja endlich in Sicherheit, müsste nicht ständig Angst vor ihnen haben, und alles wäre super. Und verprügeln würden sie mich auch nicht mehr. Dachte ich.
»Du musst allerdings erst beweisen, dass du wirklich dazugehören darfst und dich mit uns da drüben ins Auto setzen. Wenn du den Wagen nicht als erster verlässt, gehörst du dazu.«
Jetzt gab es für mich nichts mehr, was ich nicht bestehen würde. Diese einmalige Chance ließ ich mir nicht nehmen. Die Aussicht auf ein angstfreies Leben hier in unserer Siedlung! Jetzt konnte kommen, was wollte, das würde ich packen.
Und so saß ich hier mit denen seit etwa zwei Stunden in dieser alten Karre. In diesen zwei Stunden hatten wir gemeinsam vier oder fünf Packungen

Zigaretten geraucht. Oder besser gesagt gepafft. Es ging hier ja nicht um irgendeinen Tabakgenuss. Es ging nur darum, den Innenraum so schnell wie möglich mit dichtem Qualm zu füllen. Also hatten sich alle eine angesteckt, nachdem ihr Anführer – sein Name war Isam – die Schachtel herumgereicht hatte und anschließend im Sekundentakt an den Zigaretten gezogen, um möglichst viel von dem blauen Dunst zu erzeugen, der mir nun das Atmen erschwerte. Wobei erschwerte wohl nicht ganz treffend war.

Ich hatte Atemnot und Panikattacken in diesem Autowrack. Zusammen mit den Dreien. „Ein Türke, ein Albaner, ein Grieche und ein Deutscher …", kam mir in den Sinn. Es war wie der Anfang von einem dieser schlechten Witze. Einer der albernen Kneipenwitze, die ich irgendwann mal aufschnappte. Vermutlich, als Mutter und ich den Alten aus seiner Stammkneipe holten. Wie so oft, wenn er zu viel getrunken hatte und nicht mehr gehen konnte, oder keine Kohle hatte, um die Rechnung zu begleichen.

Ich war völlig benebelt, rauschähnlich. Aber das hier war kein Witz, wir waren alle vier am Kämpfen. Es ging um Leben und Tod. So jedenfalls empfand ich es.

Und ihnen ging es nicht besser als mir. Die Entscheidung würde nicht mehr lange auf sich warten lassen. Der Erstickungstod auch nicht.

Aber ich wollte durchhalten. Ich musste durchhalten!

Einer von den Jungs würde mit Sicherheit gleich aufgeben und die Tür aufreißen. Dann wäre ich in ihrer Runde. Rauchvergiftung hin oder her.
Halt durch, hämmerte es in meinem Kopf. *Halt durch!* Mir war kotzübel, alles drehte sich.
Und dann hörte ich, wie eine Tür geöffnet wurde. Ich erkannte nicht, welche der Türen es war, so dicht war der Qualm mittlerweile. Aber ich hörte ganz deutlich, wie jemand seine Tür aufriss. Das war das Zeichen, dass einer der Dreien aufgab! Und ich war es nicht. Ich hatte meine rechte Hand schon seit einer Stunde am Öffner. Jederzeit bereit diese verräucherte Karre zu verlassen.
Und jetzt war es soweit. Ich stieß meine Tür auf und ließ mich nach draußen fallen. Meine Lunge gierte sofort nach der frischen, kühlen Luft, und ich atmete zwei, drei Male tief ein, bevor ich aufstand, um zu sehen, was mit den anderen war. Riesige Rauchschwaden verließen den Wagen durch die vier offenen Türen, und ein leichter Windzug ließ das Wageninnere schnell wieder klar werden. Ich konnte erst nur verschwommen sehen, meine Augen tränten und brannten wie Feuer. Ich hörte die anderen röcheln und nach Luft japsen. Sie husteten laut, drehten und schüttelten sich, als versuchten sie den dichten Qualm von ihren Körpern zu bekommen.
Sie erinnerten mich an nasse Hunde, die ihr Fell ausschüttelten.

Der Anführer Isam war am schnellsten wieder richtig durch. Er rief in die Runde: »Wer war der Erste? Wer hat zuerst seine scheiß Tür aufgerissen?«
Ich sagte nichts und wartete darauf, dass sich jemand melden würde. Einer von ihnen musste es ja gewesen sein.
Und dann zeigten sie fast zeitgleich auf mich und meinten: »Er war's!«
»Der Kleine hat's nicht gepackt. Er hat seine Tür zuerst aufgemacht. Ganz sicher!«
Ich konnte es nicht fassen! Diese feigen Schweine! Ich war gar nicht in der Lage darauf zu reagieren, so geschockt war ich von dieser Lüge.
Wut kroch in mir hoch, ich spürte, wie ich zu zittern anfing, und das machte mich noch wütender. Dann kam ihr Anführer ums Auto herum zu mir und meinte mit ganz ruhiger Stimme: »Hau ab, Kleiner. Du bist noch nicht so weit.« Er grinste, als er das zu mir sagte. Es war irgendwie seltsam. Seine Reaktion passte so gar nicht. Er wirkte, als wüsste er, dass ich nicht derjenige war, der zuerst das Auto verlassen hatte und wollte, dass ich verschwand, bevor ich im Zorn einen Fehler beging.
Der griechische Junge meinte noch, ich sollte mich verpissen, aber der Anführer fuhr ihm gleich über den Mund und befahl ihm, sein verdammtes Maul zu halten. Das tat er dann auch.
»Los hau ab, Kleiner! Mach schon.«
Das waren die letzten Worte von Isam, bevor ich dann wegging.

Ich verstand es nicht, aber ich war so voller Wut und Zorn. Vaters Worte kamen mir in den Sinn und schienen sich zu bestätigen.
Du darfst diesem Pack nicht trauen, sie verachten und verarschen uns. Immer und überall!
Einer von ihnen hatte gelogen und mich zum Verlierer gemacht, obwohl ich keiner war. Es war nicht zum Aushalten, und ich schwor mir, dass sie dafür bezahlen würden! Irgendwann. Alle drei.
Ganz ruhig.
Ganz ruhig? Wie sollte man ganz ruhig bleiben, wenn man das Gefühl hatte, dass winzig kleine Ameisen zwischen Schädeldecke und Kopfhaut Tango tanzten?
Dieses Gefühl bekam ich immer öfter seit einem merkwürdigen Erlebnis im Keller. Seit jenem Ereignis war ich nicht mehr ich selbst. Irgendetwas hatte sich „verschoben" in meinem Kopf. Die Schaltkreise waren jetzt anders verknüpft. Und die Stimme war da. Da oben drin. Aber es fühlte sich nicht falsch an. Ganz im Gegenteil. Ich fühlte mich großartig. Und nicht mehr so allein.
Du bist auch nicht mehr allein.
Ich war in den Wintermonaten, wenn es früh dunkel wurde, aus Langeweile viel in unserem Viertel unterwegs. Zum Zeitvertreib guckte ich oft bei den Menschen durch die Fenster in die Wohnungen. Einfach so, aus Neugier. Die meisten in unserem Viertel hatten ohnehin keine Gardinen vor den

Fenstern. Oft nur Decken oder Laken, die sie abends vor ihre Fenster hingen, um ungewollten Blicken zu entgehen. Einige zogen ihre Vorhänge auch einfach nur nicht zu. Ich war neugierig, wollte sehen, was bei denen passiert. Warum auch nicht.

So schlich ich mich oft an die Häuser und Blocks heran und schaute ganz vorsichtig und unauffällig in die Fenster. Ich dachte mir nichts dabei. Doch – eigentlich doch. Denn wenn ich genauer überlegte, fand ich das irgendwie aufregend. Erregend. Es war spannend, Personen zu beobachten und die Gewissheit zu haben, dass sie es nicht mitbekamen. Es faszinierte mich. Und die Ameisen fingen dann wieder mit ihrem Tänzchen an.

Fremde Personen bewegten sich in ihren Wohnungen und Häusern, fühlten sich unbeobachtet, waren ungehemmt. Bemerkten nicht, das ich draußen stand und zuschaute. Das gab mir da schon das Gefühl von Macht.

Sobald sich eine gute Gelegenheit ergab, verfolgte ich diese Menschen teilweise stundenlang mit meinen Blicken. Zuhause vermisste mich ja doch niemand. Meinen Eltern war es egal, ob oder wann ich heimkam. Also blieb ich auf meinem Beobachtungsposten vor den Fenstern. Das war für mich auch irgendwie wie Fernsehen. Es liefen die unterschiedlichsten Programme, mal war es eine Familie am Tisch beim Essen oder eine Frau beim Bügeln. Männer an Schreibtischen oder Kinder beim Spielen.

Manche gingen auch ständig von einem Zimmer ins andere, dann wartete ich, bis ich sie wieder sehen konnte. Wenn es zu lange dauerte, schlich ich um das Haus und suchte nach anderen Fenstern mit guten Einblicken. Möglichkeiten fand ich auf meinen Wegen immer.

Die Zeit verging, ich ging zur Schule, versuchte den Ausländern und anderen Streitsüchtigen aus dem Weg zu gehen, bekam dennoch Prügel. Manchmal daheim und manchmal eben draußen auf der Straße des Viertels. und dann war eines Tages meldete sich die Stimme wieder. Sie flüsterte, ich musste mich anstrengen sie zu verstehen, so leise sprach sie.
Ich hatte wieder einmal Langeweile, war allein und konnte bei uns zu Hause nicht rein. Es war niemand da, die Schule war zu Ende, und draußen regnete es. Ich wusste nicht wohin ich gehen sollte oder was ich machen könnte.
Ich setzte mich also vor unsere Wohnung oben im ersten Stock auf die Treppe und wartete darauf, dass jemand nach Hause kommen würde. Es kam aber niemand.
Und da flüsterte plötzlich die Stimme in meinem Kopf. Sie sagte mir, was ich machen sollte, damit die Langeweile aufhörte.
Geh nach oben. Geh da hoch, flüsterte sie mir zu.
Ich stieg daraufhin die Treppe hoch, bis es nicht

mehr weiterging. Dort oben waren keine Wohnungen mehr, die Treppe führte nur bis zum Dachfenster und da war Schluss.
Oben auf der letzten Ebene standen ein paar Pflanzen. Kakteen und Palmen in großen Kübeln, ziemlich vertrocknet. Wahrscheinlich zurückgelassen von Leuten, die ausgezogen waren und keine Verwendung mehr für die Dinger hatten. Viel mehr war da oben nicht. Nur noch das Fenster zum Dach.
Ich drehte mich langsam im Kreis, sah mich um und lauschte, ob ich die Stimme wieder hören konnte – nichts. Da waren nur die Pflanzen, viel Dreck, das Dachfenster und die Wände, die mehr grau als weiß waren.
„I love Yvonn" war da auf der Wand zu lesen. Das wusste ich noch, weil „Yvonn" falsch geschrieben war. Hinten ohne „e".
Ich hasste das. Nicht die Kritzeleien, aber die Rechtschreibfehler! Wenn man schon nicht richtig schreiben konnte, dann sollte man diese öffentlichen Botschaften doch bitte lassen. Aber das hatte man ja überall und immer wieder, es machte mich so wütend. Ich dachte damals, dass ich gerne mal jemanden dabei erwischen würde, um ihm ohne Vorwarnung eine zu knallen. Es ergab sich aber leider nie.
Oben im Hausflur blätterte außerdem an manchen Stellen die Farbe ab, und ich dachte noch, *hier könnte mal wieder gestrichen werden.*

Aber eigentlich sah der komplette Hausflur schäbig aus. Dreckig, miefig, schmuddelig. Verschmiert von Kinderhänden.
Alle Wände und Decken waren mit Rissen überzogen und hatten abgeschlagene Ecken. Von den ganzen Umzügen und der Möbelschlepperei. Das ganze Treppenhaus war viel zu schmal und zu eng gebaut. Deswegen war es auch so schwer, die Möbel ohne irgendwo anzuecken durch die Flure zu tragen.
Ich musste an Omas Erzählungen denken: *Überall in den Häuserfassaden waren Einschusslöcher von MG- Salven und Löcher von den Granaten der „Tommys".*
Umgezogen wurde viel und oft in unserem Viertel. Ständig kamen und gingen die Menschen. Immerzu wechselten in den Wohneinheiten die Mieter. Noch bevor man sich mit irgendeinem Deutschen anfreunden konnte, war er schon wieder weg. Deswegen verbrachte ich auch die meiste Zeit alleine. Geschwister hatte ich keine. Dabei wünschte ich mir immer einen Bruder. Einen Spielkameraden. Jemanden, den ich umsorgen könnte. Vielleicht auch, damit ich nicht mehr alleine am Esstisch sitzen müsste.
Vater meinte dazu nur: *Noch so einen? Nein danke.*
Jedenfalls stand ich nun da oben und langweilte mich, und wütend war ich auch, eben wegen Yvonn ohne „e".

Als ich dann hochsah, konnte ich sehen, dass das Fenster nicht richtig geschlossen war, sondern nur gekippt. Ein schräges Dachfenster, und es war einen Spalt offen. In diesem Moment hörte es sich in meinem Kopf an, als hätten meine Gedanken eine richtige Stimme bekommen.
Da oben geht es raus. Sieh nach! Steig da raus!
Ich zog mir den größten Blumenkübel unter die Schräge, stellte mich darauf und konnte dann das Fenster mit den Händen so weit aufdrücken, dass zum Durchsteigen genügend Platz war. Ich zog mich am Fensterrahmen hoch und merkte, dass das gar nicht so einfach war. Ich musste eine ordentliche Distanz überwinden. Schon während ich mich da hochkämpfte, beschloss ich, mir beim nächsten Mal vorher eine höhere Steighilfe zu besorgen.
Ich wusste zu dem Zeitpunkt schon genau, dass ich es wieder machen würde.
Als ich mich durch das Fenster nach draußen gehangelt hatte, wurde ich für die Mühe belohnt. Und wie. Trotz des schlechten Wetters mit Nieselregen konnte ich von dort oben fast über die ganze Siedlung sehen. Was für ein Ausblick!
Ich setzte mich vorsichtig auf die Dachziegel und stützte mich vorne mit den Füßen an der Blechkante der Dachrinne ab.
Viel Platz gab es hier nicht, ich bewegte mich langsam und vorsichtig und tastete mit den Händen auf den nassen, rauen Ziegeln nach Halt.

Leicht nach vorn gebeugt schaute ich über die Dachrinne nach unten. Es waren vielleicht noch zwanzig, dreißig Zentimeter bis zum Rand des Daches. Dahinter war nichts mehr. Da lauerte der Tod. Man konnte ihn förmlich spüren. Als würde seine todbringende Aura hier oben nach mir greifen. Es war eine eigenartige Mischung aus Höhenangst, Neugierde und Gleichgültigkeit.
Es war ein erhabenes Gefühl. Auf Augenhöhe mit dem Tod! Es berauschte und faszinierte mich gleichermaßen, und ich fühlte mich stark und mächtig hier oben. Allein.
Du bist nicht allein!
Ich musste in diesem Moment an die Gewohnheiten meines Vaters denken. Entweder saß er mit seinem Bier zu Hause vor der Glotze oder er laberte sich in irgendeiner Kneipe den Frust von der Seele, während er ein Bier nach dem anderen bestellte. Und wenn er zum Schluss voll war, behauptete er meistens, er hätte sein Geld zu Hause vergessen oder er hätte schon längst bezahlt. Oftmals endete diese eigenwillige Vorgehensweise mit heftigem Ärger und einer Schlägerei. Oder sogar in Polizeigewahrsam.
Mir wurde bewusst, dass ich tiefe Verachtung gegenüber meinem Vater und seinem unrühmlichen Verhaltensmuster empfand.
Das Gefühl der Allmacht, welches ich über den Dächern der Siedlung verspürte, verstärkte sich

dadurch noch. Mein Vater war armselig, und ich war stark. Stärker und größer als er.
Mächtig wie ein König, der von seiner Burg aus über seine Ländereien schaute, genoss ich die Aussicht über unser Viertel.
Du bist der Größte!
Irgendwann, ich wusste nicht genau wieviel Zeit vergangen war – vielleicht eine halbe Stunde oder eine ganze – stand ich ganz langsam auf.
Ich stellte mich vorsichtig auf diesen kurzen, ebenen Dachvorsprung, der zwischen der Rinne und der untersten Reihe der Ziegel verlief. Er bot geradeso genügend Platz, um darauf stehen zu können. Mein Gefühl der Allmacht wurde immer stärker, denn nun konnte ich den lauernden Tod noch deutlicher spüren.
Ich müsste jetzt nur einen einzigen kleinen Schritt nach vorne machen, nur einen Schritt! Ich wäre über den Rand des Daches nach unten in die Tiefe gestürzt.
So einen Sturz aus dem fünften Stockwerk würde kein Mensch überleben. Ausgeschlossen. Da platzt man auseinander wie eine Melone!
Ich schloss die Augen und stellte mir vor, wie es wäre, jetzt einfach zu springen. Wie es sich anfühlen würde, wenn ich diesen kleinen, alles entscheidenden Schritt machen würde.
Ich begann leise vor mich hinzuzählen ... einundzwanzig, zweiundzwanzig, dreiundzwanzig ...

Aus, vorbei, Feierabend. Vielleicht nicht einmal drei Sekunden! Drei Sekunden, und alles wäre zu Ende. Alles. Nie wieder Ärger mit meinem Vater. Nie wieder Angst. Niemals wieder Streit und Geschreie zu Hause. Nie wieder Zank zwischen meinen Eltern. Und vor allem nie wieder Ohrfeigen und Demütigungen von die älteren Jungs. Sie waren wahrscheinlich gerade irgendwo da unten im Viertel unterwegs. Dem Viertel, in dem ich aufgewachsen war und dessen ich jetzt so überdrüssig wurde.
Nie wieder Tango?
Ich öffnete meine Augen, und mein Blick ging suchend über unser Viertel. Über die Häuser, die Wohnblocks, und mir wurde bewusst, dass ich mein Leben nicht beenden würde.
Nicht hier und nicht heute. Und auch nicht aus Angst oder Feigheit.
Nein, in letzter Konsequenz wollte ich noch nicht sterben. Ich war nicht bereit dazu.
Wir haben auch noch Großes vor.

Ein paar Tage später, draußen legte sich bereits die Dunkelheit über das Viertel, gab es mal wieder einen heftigen Streit zwischen Vater und Mutter. Ich floh aus der Wohnung und machte mich erneut auf den Weg zum Dach.
Diesmal machte ich allerdings vorher einen kleinen Abstecher in den Keller. Ich wollte mir irgendeinen

Tritt organisieren, um leichter aus dem Dachfenster steigen zu können.

Im Keller unseres Blocks gab es viele einzelne Abstellräume, die nur spärlich oder gar nicht verschlossen waren. Grundsätzlich bekam jeder Mieter einen kleinen Verschlag, der mit einer Holztür zu verschließen war. Aber die Schlösser und Türen wurden im Laufe der Jahre immer wieder aufgebrochen oder aufgetreten. Mittlerweile gab es keine richtigen Verriegelungen mehr an den Türen, sodass man sein Hab und Gut nicht mehr sicher verstauen konnte. Meiner Meinung nach waren es ohnehin nur nutzlose Dinge, die dort unten lagerten. Ausrangierte Gegenstände, die in den Keller runtergebracht wurden, weil die Menschen oben in ihren Wohnungen keine Verwendung mehr dafür hatten.

Auf das Abstellgleis geschoben. Spontan kam mir dieser häufige Ausspruch meines Vaters in den Sinn, mit dem er immer seine berufliche Situation beschrieb, weil ihm ja angeblich die Ausländer die ganze Arbeit wegnahmen.

Die Mieter schoben ihr nutzloses Zeug auch auf das Abstellgleis und ließen es einfach zurück, bevor sie woanders hinzogen. Auf diese Art und Weise entledigten sie sich ihrer überschüssigen Sachen, und das Sammelsurium aus alten, unbrauchbaren Dingen wurde im Laufe der Jahre immer größer. Es sah in diesen Kellerräumen aus wie auf einer Müllhalde.

Einen Hausmeister, der sich um das Chaos kümmern könnte, gab es nicht. Wer würde auch in so einer Bruchbude, so einem Irrenhaus, freiwillig den Hausmeister spielen wollen? Ich jedenfalls nicht.
Und so brauchte ich in den muffigen Räumen nicht lange zu suchen, bis ich etwas Geeignetes fand. Einen alten Holztritt, der zwar nicht mehr sehr stabil wirkte, aber für meine Zwecke reichen würde.
Ich nahm ihn mit hoch in den Hausflur, und als ich an unserer Wohnung vorbeikam, konnte ich meine Eltern bis auf den Flur streiten hören. Sie machten sich gegenseitig Vorhaltungen wegen irgendetwas und brüllten sich an. Mutter weinte, das konnte ich an ihrer Stimme erkennen, und Vater war mit Sicherheit wieder betrunken. In meinen Augen waren die Streitigkeiten meiner Eltern nur eine Vergeudung von Lebenszeit. Nichts weiter.
Ich hörte das Klirren von Glas sogar noch, als ich schon weiter oben auf der Treppe war.
Wahrscheinlich hatte mein Vater wieder mal mit einer Bierflasche oder einem Aschenbecher nach Mutter geworfen. Es wäre nicht das erste Mal und zählte bei einem Streit der beiden zum Standardprogramm.
Ich ging einfach weiter die Treppe hoch und ignorierte die Auseinandersetzung.
Als ich unterhalb des Dachfensters ankam, brauchte ich erstmal eine Pause. Der Tritt war auf dem Weg

nach oben immer schwerer geworden, und ich war aus der Puste.
Ich klappte ihn aus, setzte mich darauf und schaute nach oben zum Fenster. Hoffentlich konnte ich mit diesem Hilfsmittel leichter rausklettern.
Selbst hier oben war der laute Streit meiner Eltern zu hören.
Ich verstand zwar nicht, was sie sagten oder schrien, aber es war immer wieder das helle Geschrei meiner Mutter und die laute, dunkle Stimme meines Vaters zu vernehmen. Außerdem Gepolter und das Schlagen von Türen. Jedes Mal wenn einer von ihnen eine Tür zuschlug, gab es hier oben so ein surrendes Geräusch im Dachfenster. Das ganze Gebäude vibrierte. Dafür hasste ich sie. Alle beide. Nein, eigentlich nur meinen Vater, denn meistens ging der Streit von ihm aus.
Mit der kleinen Leiter war es dann tatsächlich wesentlich einfacher auf das Dach zu steigen, ich war überrascht, wie schnell ich draußen war.
Und jetzt wurde ich mit einem noch schöneren Ausblick belohnt als beim ersten Mal.
Überall sah man die Lichter der Wohnblocks und der Straßenlaternen. Alles funkelte und glitzerte. Es war jetzt im Dunkeln noch faszinierender.
Und ich? Ich fühlte mich da oben noch größer und mächtiger als am Tage, weil mir bewusst wurde, dass mich jetzt im Schatten der Dunkelheit niemand sehen konnte.

Ich setzte mich hin und schaute mich um. Jetzt konnte ich die Dachfenster der oberen Wohnungen sehen, aus denen das Licht matt in den dunklen Himmel schimmerte.
Ich drehte mich um und blickte zum Dachgiebel hoch. Dahinter waren die ersten Sterne der herannahenden Nacht zu sehen. Traumhaft!
Ich stand auf und balancierte vorsichtig auf den rauen Ziegeln, die mir genug Gripp gaben, zum Giebel hoch. Das Dach hatte nur eine geringe Neigung, dadurch kam ich relativ leicht bis an die Spitze.
Oben gab es einen Schornstein und direkt daneben einen alten Antennenmast, der seine metallenen Arme seitlich in die Nacht reckte. Ich kletterte auf den Schornstein und hielt mich mit beiden Händen an der Antenne fest.
Bei dem Gedanken, dass er noch in Benutzung war, musste ich lachen. Denn ich sah die Menschen unten in ihren Wohnzimmern vor der Glotze fluchen, während sich das Bild langsam zu einem Schneesturm entwickelte, bis gar nichts mehr zu sehen war.
Jetzt befand ich mich auf dem höchsten Punkt des Hauses und fühlte mich erneut zum König gekrönt. Mehr ging nicht. Wahnsinn!
Du bist der König der Siedlung. Nein – der ganzen Welt!
Und wieder spürte ich dieses seltsam angenehme Kribbeln im Kopf. Diesen Rausch, der mir das Gefühl

von Überlegenheit und Allmacht gab.
Ich musste mich mit beiden Händen ganz fest an der kalten Metallstange festhalten, denn dieses Gefühl im Kopf war viel stärker als bei meinem ersten Ausflug, und mir drehte sich alles.
Ich nahm es mit jeder Faser meines Körpers auf. Inhalierte es. Trank und aß dieses Gefühl und wollte, dass es nie wieder aufhörte.
Aber dieser Rausch hielt nicht ewig und endete für mein Ermessen viel zu schnell. Dort oben über den Dächern der Welt. Einer Welt, die mir jetzt so klein und bedeutungslos vorkam. Und so weit weg schien, mit all ihren verrückten, aggressiven und einsamen Bewohnern.
Ich ließ mich langsam in die Knie sinken und hockte noch eine Weile oben auf dem Schornstein.
Mir fielen wieder die schwach beleuchteten Dachfenster auf, die sich hintereinander auf beiden Seiten der Dachschrägen aneinanderreihten. Und mit einem Mal kam mir ein Gedanke. Natürlich!
Unter jedem dieser Fenster musste es etwas zu sehen geben. Jedes Fenster war Teil einer Dachwohnung, eines Zimmers. Wenn die Menschen in den unteren Wohnungen schon zuließen, dass man sie beobachten konnte, weil sie abends die Gardinen oder Vorhänge nicht zuzogen, wie musste es dann dort oben sein? Es würde doch niemand damit rechnen, durch die Dachfenster beobachtet zu werden! Oder doch?

Ich war wie elektrisiert von dieser Überlegung. Augenblicklich kletterte ich vom Schornstein herunter und ging ganz vorsichtig in Richtung der Dachfenster, immer auf der Hut nicht abzurutschen. Der Gedanke, gleich irgendjemanden beobachten zu können, versetzte mich in Erregung. Ich konnte diese Emotionen nicht einordnen, und ich war wie von Sinnen.

Ich kann dein Herz hören. Es schlägt schon wieder so heftig!

Am ersten Fenster angekommen, wich meine Euphorie einer Enttäuschung. Es schien zwar Licht nach draußen, aber das Dachfenster war mit einem dünnen Rollo versehen, durch das man nicht hindurchsehen konnte. Also krabbelte ich weiter.

Es gab ja noch mehr Fenster. So wie ich das beurteilen konnte, waren auf jeder Seite des Daches etwa elf oder zwölf Fenster. Machte insgesamt um die zwanzig. Die meisten lagen vor mir, da wir im vorletzten Aufgang wohnten.

Beim nächsten Fenster hatte ich mehr Glück. Es war sogar leicht geöffnet. Ich kroch ganz langsam an die Kante heran und warf erstmal nur einen ganz kurzen Blick in das darunterliegende Zimmer. Ein Tisch. Stühle. Zu kurz, um genaueres wahrzunehmen. Also nochmal. Aber Achtung. Sollte mich jemand sehen, erkennen, wäre es aus. Dann könnte ich gleich aus der Gegend verschwinden. Ich wäre das Gespött der Nation. Innerhalb kürzester Zeit hätte sich die

Story im Viertel herumgesprochen, und damit wäre ich erledigt. Mein Vater würde total ausflippen. Und die in der Schule?
Denk gar nicht daran ...

... Also aufpassen und nur ganz kurz einen Blick riskieren.
Eine Person. Ducken. Jetzt kann ich zwei Stimmen durch das offene Fenster hören. Frauenstimmen. Sie ist also nicht allein. Ich kann nicht verstehen, über was sie reden.
Wortfetzen. Ich lausche.
»Dann musst du ... ob das ... und dass vielleicht ...«
Ich schaue erneut über den Rand des Fensters, diesmal länger. Ein Mädchen. Etwa zwölf Jahre. Vielleicht auch schon dreizehn. Sie trägt ein rosafarbenes, enganliegendes T-Shirt und Boxershorts. Kenne ich sie? Ich kann ihr Gesicht aus diesem Winkel nicht sehen. Sie spricht mit der Frau, die ich von hier aus nicht im Blickfeld habe.
Jetzt kann ich ihr Gespräch verstehen. Sie unterhalten sich über die Schule. Noten. Eine anstehende Arbeit.
Das Mädchen möchte morgen nicht zur Schule. Die Frau antwortet. Vermutlich ihre Mutter.
Ich kann hören, wie sich ihre Stimme hebt und sie das Mädchen drängt, morgen zur Schule zu gehen. Ihre Mutter. Kein Zweifel. Die Kleine deckt den Tisch, den ich schon beim ersten kurzen Blick in die Wohnung entdeckt hatte. Abendessen.

Ich halte mich mit den Fingern am Rand des Fensters fest und beobachte das Geschehen. Es fasziniert mich über alle Maßen, einen Einblick in ihr Privatleben zu bekommen. In ihre Intimsphäre. Sie fühlen sich völlig unbeobachtet und verhalten sich dementsprechend zwanglos. Genial.
Die Kleine kratzt sich mit einer Hand am Po, während sie das Besteck auf den Tisch legt. Für einen kurzen Moment sehe ich die Rundung ihres Hinterteils.
Und wieder bekomme ich dieses Kribbeln unter meiner Kopfhaut. Tausende von Ameisen tanzen zwischen Schädelknochen und Kopfhaut. Wieder ein Rausch. Hemmungslos! Noch stärker als der vorherige am Antennenmast. Plötzlich kommt die Mutter ins Bild. Von rechts.
Sie beugt sich über den Esstisch, stellt eine Karaffe ab, und ich bekomme freien Blick auf ihren Busen, der oben aus der Bluse drückt. Wahnsinn!
Wann bekommt man so etwas zu Gesicht? In meinem Alter!? Nie.
Niemals zuvor habe ich den Busen einer Frau so gesehen. Aus dieser Perspektive. Er ist groß und wirkt ganz fest.
Ich bin irritiert, denn mit einer Erektion kann ich nichts anfangen. Noch nicht. Aber dieses Kribbeln, welches die tanzenden Ameisen eben in meinem Kopf ausgelöst haben, macht sich im ganzen Körper breit und bündelt sich zwischen meinen Beinen.

Ich vergesse, wo ich bin.
Vergesse, dass ich im Dunkeln auf dem Dach unseres Wohnblocks liege.
Die beiden, sowohl Mutter als auch Tochter, haben nicht die geringste Ahnung, dass ich hier bin, sie beobachte, ihnen nachstelle. Ich werde wahnsinnig.
Bist du.
Der Tanz wird hemmungslos, das Blut schießt in die Venen, der Druck staut sich durch die Hose und die Dachziegel auf, aber der Schmerz ist ein angenehmer. Dieses Gefühl habe ich bis jetzt nicht gekannt.
Ein rauschendes Fest mit lauter Musik.
Die Mutter verlässt den Raum, kommt aber kurz darauf zurück.
Da rechts ist also die Küche.
Sie stellt einen Korb mit Brot auf den Tisch und setzt sich. Die Kleine sitzt schon. Ihrer Mutter gegenüber. Jetzt sehe ich wieder ihren Busen, und er wippt bei jeder Bewegung hin und her. Auf und ab. Jede Bewegung der Mutter überträgt sich, und ich kann meinen Blick nicht von ihr lassen, obwohl die Kleine fast unaufhörlich plappert. Sie ist mit den Erziehungsmethoden ihrer Mutter nicht ganz einverstanden. Ich lausche. Gespannt.
»Lass mich doch bitte noch raus nach dem Essen, Mama. Bitte. Wir machen keinen Blödsinn. Nur eine Stunde. Oder bis neun, ja? Wir sind doch nur am Spielplatz. Ich rauche auch nicht. Versprochen. Bitte!«
Lass sie nicht gehen.

Die Mutter antwortet mit einem »Nein«, und jetzt möchte sie nichts mehr davon hören.
Gleichzeitig beschmiert sie das Brot, welches vor ihr liegt, und der Busen wippt im Takt mit und sorgt dafür, dass das Blut in meinem Körper kocht und neue Wege geht.
Die Kleine sagt noch etwas, was ich nicht genau verstehe, springt dann weinend vom Tisch auf. Sie verlässt den Raum, und ich sehe reflexartig herüber zur Westseite, als könnte ich von hier den Weg in das Zimmer verfolgen, in das sie verschwunden ist.
Und tatsächlich. Ein Fenster weiter geht das Licht an. Ich lasse die Mutter alleine am Tisch sitzen und schleiche mich rüber zu der Kleinen.
Dabei achte ich darauf, nicht gesehen zu werden, bin geduckt wie ein Raubtier. Vorsichtig taste ich mich am Dachrand entlang zu ihrem Fenster. Ich riskiere einen Blick über die Dachkante nach unten.
Und da ist er wieder. Der Tod! Ich spüre ihn. Er lauert. Er wartet. Abrutschen oder springen. Versehen oder Absicht. Der Tod wartet da unten. Ganz gewiss.
Also aufpassen! Denn in diesem Augenblick gibt es etwas, für das es sich lohnt zu leben.
Das Geschehen hier. Beute.
Und wie viele andere Fenster es hier oben noch gibt! Wie viele Möglichkeiten, einen so unzensierten Blick auf das Leben und auf das Treiben anderer zu bekommen. Wieder steigt das Gefühl von Macht

in mir hoch und paart sich mit einem Erregungszustand, der mir bis hierhin unbekannt war.
Das Herz schlägt laut und pumpt im Takt. Tango! Du knirschst mit den Zähnen. Bleib still!
Ich konzentriere mich wieder und taste mich vorsichtig an den Rand des zweiten Fensters. Ich kann das kalte Glas der Scheibe fühlen und lasse meine Finger ein Stück weit zurückgleiten, bevor ich einen ersten Blick riskiere.
Ihr Zimmer. Eindeutig. Ich sehe sie sofort. Mein Gehirn registriert im Bruchteil einer Sekunde, dass sie mich nicht sieht. Die Kleine liegt scheinbar weinend mit dem Gesicht im Kissen auf ihrem Bett.
Dieses Fenster ist verschlossen. Ich kann sie nicht hören, aber dennoch erkenne ich, dass sie weint, denn sie bockt mit den Beinen, und ihr junger Körper wippt schluchzend im Takt der Tränen. Du kleines süßes Ding.
Plötzlich nehme ich ein Geräusch vor mir wahr. Ich schrecke auf und sehe auf der anderen Seite des Fensters eine Katze. Sie turnt direkt vor mir auf dem Dach, sieht mich an, verharrt und fixiert mich. Ihre Augen leuchten, und ihr weißes Fell schimmert seiden im Dunkeln. Dein Revier? Mein Revier!
Sie stört mich. Sie irritiert mich, lässt ihren Blick nicht von mir. Sie soll verschwinden. Ich bin beschäftigt und will alleine sein hier oben. Wo kommt sie her?
Ich versuche sie mit ein paar Handbewegungen und Zischlauten zu verjagen.

Sie sieht mich weiter an, rührt sich aber nicht. Ganz im Gegenteil. Sie setzt sich, neigt den Kopf und starrt mich unverhohlen an.
Was will sie von mir? Ich fauche, mache es einer Katze gleich. Ich fletsche die Zähne. Sie legt die Ohren an.
Ich werde wütend. Schönes Gefühl. Ich fauche nochmal, intensiver. Sie kann mein Verhalten nicht einordnen. Kann mich nicht einordnen. So zumindest scheint es. Aber sie bleibt sitzen, macht ihren Hals lang und nickt mit ihrem weißen Kopf, als wolle sie mir etwas mitteilen. Wir fixieren uns, vergessen für einen Augenblick den Rest um uns herum. Sie rümpft die Nase, riecht mich, analysiert mich. Ich will sie hier nicht, ich will das Mädchen. Ich will Blut und Tod. Ich spüre den Wahn in mir, mein Blut kocht schon, die Ameisen tanzen. Die schneeweiße Katze vor mir scheint es auch zu spüren, denn sie erhebt sich, ganz behutsam, ohne mich aus den Augen zu lassen und geht balancierend ihrer Wege. Gewonnen. Ich sehe ihr noch nach, will sichergehen, dass sie wirklich abhaut, und langsam verschwindet sie in der Dunkelheit. Sie ist vermutlich auf dem gleichen Weg auf das Dach gelangt wie ich.
Sehr gut gemacht. Aber Angst hatte sie keine, und sie wird wiederkommen.
Ich senke meinen Blick wieder auf das Dachfenster und erschrecke fast zu Tode, als ich durch die Scheibe direkt in das Gesicht der Kleinen sehe. Das

Mädchen starrt zu mir hoch, aber sie rührt sich nicht. Nichts!
Ich ziehe meinen Kopf ein, aber sie bewegt sich nicht und macht auch keine Anstalten zu schreien. Jetzt wird mir klar, warum sie nicht reagiert.
Sie sieht mich nicht! Sie sieht sich wahrscheinlich selber in der Glasscheibe. Sie ist im hell erleuchteten Zimmer und ich hier draußen im Dunkeln. Natürlich. Sie kann mich nicht sehen! Zumindest nicht solange ich mich still verhalte und mich nicht zu ruckartig bewege.
Sie sieht dich nicht. Beweg dich nicht. Die Kleine sieht dich nicht.
Die Stimme in meinem Kopf singt die Sätze fast. Und ich bin von der Tatsache, dass sie mich nicht sieht, obwohl sie zu mir hochschaut, außer mir vor Aufregung!
Mein Herz beginnt zu rasen, und ich höre die Schläge in meinen Ohren. Dröhnen. Begierde. Unruhe. Erregung. Feuer und Flamme. Alles mischt sich zu einem irrwitzigen Emotionscocktail. Ich fühle mich betrunken, berauscht, entzückt und verrückt, während die Kleine mir ins Gesicht schaut, ohne es zu ahnen. Tränen laufen über ihre süßen Wangen, und ich habe das Bedürfnis, sie zu trösten. Sie soll nicht traurig sein. Ich werde sie retten.
Mein Gehirn arbeitet auf Hochtouren. Granaten, gefüllt mit tausend Farben und Gedanken, explodieren ohne Unterlass in meinem Kopf.
So schön.

Meine Atemfrequenz steigt und steigt. Ich schnaube wie eine Dampflok, meine Zähne beginnen zu mahlen. So heftig, dass ich den zermahlenen Zahnschmelz schmecke. Enormer Speichelfluss kommt plötzlich auf. Ich muss aufpassen, dass mir nicht die Spucke aus dem Mund läuft. Ich habe die Kleine genau im Visier, direkt unter mir. Aufpassen! Ich strecke ihr die Zunge raus, der Rotz läuft mir in Fäden aus meinem Mund und klatscht wie Regen auf das Glas des Dachfensters. Nichts. Die Stimme.
Sie sieht dich nicht!
Jetzt dreht sie sich zur Seite und greift nach einem Teddybären, der auf ihrem Bett liegt. Sie drückt ihn ganz eng an sich, und ich nutze die Gelegenheit, um mich in eine andere Position zu bringen. Meine Knie schmerzen. Die Gelenke knacken.
Ganz langsam bewege ich mich aus dem Sichtfeld des Fensters. Mir fällt der Busen der Mutter wieder ein, und ich robbe zu dem Esszimmerfenster zurück. Der Esstisch ist abgeräumt. Nur die Karaffe steht noch da. Und ein Aschenbecher, in dem eine Zigarette glimmt.
Jetzt kann ich die Mutter wieder sprechen hören. Sie ruft nach ihrer Tochter.
Die Kleine hat einen Namen, so so …
Sie ist mir noch nie aufgefallen in unserem Viertel. Das liegt wohl daran, dass ich nicht so auf Mädchen geachtet habe. Bislang.
Die Mama will noch mal weg. Wohin? Sie steht vor

der Zimmertür der Kleinen. Wie war der Name? Ich kann nicht verstehen, wohin sie möchte. Jetzt kommt sie zurück, und ich sehe von oben auf sie hinunter. Ihr rötliches Haar fällt fächerartig auf ihre Schultern. Ungewohnte Perspektive. Ihr Busen wippt, er ist von hier oben so schön anzusehen.
Ich fühle mich wie ein Leopard, der im Baum auf Beute lauert. Sie ist die Gazelle. Nichtsahnend. Lässt ihr Kitz im hohen Gras allein zurück. Vermeintlich vor Raubtieren geschützt. Von wegen!
Ich fokussiere die Muttergazelle mit scharfem Blick. Sehe ihr nach, wie sie langsam aus meinem Sichtfeld verschwindet. Die Tür fällt ins Schloss. Sie ist weg. Die Kleine ist allein. Leichte Beute. Schlechtes Versteck. Raubzug.
Ich sehe die Bilder aus einer Tiersendung vor mir.
Ein Löwe hat eine kleine Antilope gerissen und zerreißt das leblose Tier in mundgerechte Stücke. Blut im Fell. Riesige, weiße Zähne. Gier. Totes Fleisch. Befriedigung.
Mach schon. Worauf wartest du!?
Mit diesen Bildern im Kopf schleiche ich mich vorwärts. Raubtierartig. Von Ast zu Ast, bis ich unter mir die kleine Antilope im dichten, hohen Gras der Savanne entdecke.
Ich lauere ihr auf. Sie bewegt sich nur wenig, ist vorsichtig. Der Wind steht günstig. Sie wittert mich nicht. Ich sehe die helle Haut ihrer Läufe. Sie fühlt sich sicher. Wie sie wohl schmeckt? Gedankenblitze

zucken durch meinen Kopf. Es knackt und knallt und kribbelt in meinem Universum der Fantasie.
Fixieren.
Jetzt! Fenster auf. Ein Sprung. Stumme Schreie. Panik in ihren Augen. Todesangst. Ich hab dich gleich, du süßes Ding! Ich zerreiße ihr enges T-Shirt, fasse an ihren kleinen Busen. Meine Reißzähne bohren sich in ihr zartes Fleisch. Farbenspiel. Rot auf weiß. Blut schmeckt bittersüß. Höchste Erregung!
Sie wehrt sich. Ihr Widerstand versetzt mich in Ekstase. Nichts ist mehr real.
Die Gegenwehr lässt nach. Leben weicht dem Tod. Jetzt hab ich dich, du süßes Ding! ...

Kapitel 4
Beutejagd

Ein halbes Jahr lang stieg ich danach nicht mehr auf das Dach. Es sollte Gras über die Sache wachsen.
Ich hatte damals da oben meinen Kapuzenpullover ausgezogen und meine Spuren beseitigt. Ich wischte die Ränder des Dachfensters ab und ging anschließend den gleichen Weg zurück, den ich gekommen war. Durch das Fenster zu unserem Treppenhaus.
Ich war in Trance. Nicht in dieser Welt. Erledigte alles automatisch. Ferngesteuert. Ich brauchte über keinen meiner Schritte nachzudenken. Wie ein Roboter.
Ich lauschte, ob sich jemand im Flur aufhielt und stellte die schweren Blumenkübel wieder an ihre ursprünglichen Positionen. Und plötzlich war die Stimme wieder da.
Gut gemacht. Richtig gut. Wie fühlen wir uns? Super, oder? Jetzt mach keinen Fehler und beseitige alle Spuren.
Ich verwischte auch hier mit dem Pullover alle Spuren, die mich hätten verraten können. Ich brachte die Trittleiter unauffällig zurück in den Keller, schaute mich ständig um, achtete genau darauf, dass mich niemand sah, versteckte sie unter ein paar Lumpen und Müllsäcken und lief anschließend zur alten Fabrik, die am Rand unserer Siedlung stand.

Umsehen. Lauschen. Schleichen und Acht geben. Niemand im Gebäude. Im Inneren des baufälligen Gebäudes vergrub ich eilig meinen Pullover mit den bloßen Händen.

Hier hielten sich tagsüber oft Kinder und Jugendliche aus dem Viertel auf, tranken Alkohol, rauchten, machten Feuer und drehten Runden mit ihren Mopeds. Das waren hilfreiche Umstände, wenn es darum ging, Beweismaterial wie meine Kleidung unbrauchbar zu machen, sollte man sie dennoch finden.

Sämtliche Spuren an meinen Händen, zum Beispiel fremde DNA, vermischten sich dabei mit Dreck und Sand. Also auch unbrauchbar. Anschließend ging ich zurück nach Hause. Vater war nicht daheim, Mutter schlief auf dem Sofa. Ich zog mich im Badezimmer aus, stellte fest, dass ich meinen ersten Samenerguss gehabt hatte und stieg unter die Dusche. Ein Gefühl von Sicherheit machte sich breit, ich empfand keine Unruhe oder Nervosität. Nichts dergleichen.

Als ich am nächsten Tag von der Schule kam, parkten mehrere Polizeiwagen mit Blaulicht vor den Wohnblocks. Es wimmelte von Polizeibeamten. Absperrband hielt gaffende, neugierige Passanten zurück, die sensationslüstern ihre Köpfe und Hälse in die Höhe reckten.

Einige kannte ich, andere nicht. Ich stellte mich dazu und fragte in die Runde, was denn passiert wäre.

Ein junges Mädchen aus der „Vier" wäre ermordet worden.
Das ist also Eingang Vier.
Wir wohnten in der Zwölf. Die Hausnummern erhöhten sich immer in Zweierschritten. Auf unserer Seite waren die geraden Zahlen.
Als zwei Männer kurz darauf mit einer Bahre und einem schwarzen Kunststoffsack aus Eingang Nummer vier kamen, ging ein Raunen durch die schaulustige Menge. Man schenkte mir keine Beachtung, und das war auch gut so. Nachdem die Männer die Türen des Leichenwagens geschlossen hatten, verließ ich die gaffende Menschenmenge.
Es dauerte einige Tage, bis sich die Lage beruhigte und im Viertel wieder Ruhe einkehrte. Die Angelegenheit war natürlich *das* Gesprächsthema. An jeder Ecke wurde über den Mord an dem jungen Mädchen diskutiert. Beamte liefen von Block zu Block und stellten Fragen. Das Übliche. Ob jemand etwas bemerkt hätte, etwas Auffälliges gesehen und so weiter.
Sie waren auch bei uns, und für kurze Zeit verdächtigten die Polizisten sogar meinen alten Herrn, weil er für die Tatzeit kein Alibi hatte. Das lag daran, dass Vater an besagtem Abend mal wieder betrunken war und sich nicht mehr daran erinnern konnte, dass er drüben bei Harry in der Kneipe gewesen war. Harry wurde auch befragt, und es stellte sich heraus, dass Vater den ganzen Abend dort verbracht hatte. Sternhagelvoll. Geklärt.

Was mich jedoch sehr verwunderte war, dass in solch einem Mordfall nie ein Kind oder Jugendlicher zum Kreis der Verdächtigen zählte. Sie passten scheinbar nicht in das Täterprofil. Auch die Forensik schien Dreizehnjährige als mögliche Täter ebenfalls nicht in ihrem Raster zu haben. Und so übersahen sie mich einfach.
Selbst an dem Tag, als sie bei uns klingelten, schöpften die Beamten keinen Verdacht.
Ich öffnete ihnen, und nachdem sie sich ausgewiesen hatten, fragten sie höflich, ob sie meinen Vater sprechen könnten.
Möglicher Täter: Männliche Person? Ja. Kind? Nein.
Ich verhielt mich vorsichtshalber weder besonders auffällig noch unauffällig, aber es gab zum Glück keine Anzeichen, dass sie bezüglich der Kleinen etwas von mir wollten. Und das wiederum ließ die Ameisen zwischen Kopfhaut und Knochenstruktur meines Schädels erneut tanzen.
Direkt nachdem die Polizisten gegangen waren und die Tür ins Schloss fiel, gab die Stimme wieder den Ton an.
Sie kriegen dich nicht ... sie kriegen dich nicht ... sie kriegen dich nicht!
Was für ein Spaß.

So konnte ich mich ganz entspannt und ohne verdächtigt zu werden in den kommenden Wochen frei bewegen. Und selbst die Spürhunde, mit denen die

Beamten das Viertel durchkämmten, fanden nichts. Vielleicht hatte mir aber auch die Katze, die an dem Abend auf dem Dach war, unbeabsichtigt geholfen, denn ihre Geruchsspuren waren wohl wesentlich intensiver als die meinen. Danke Katze.

Irgendwann, wie gesagt, beruhigte sich die Sache, und man sprach kaum noch über den Mord an dem Mädchen. Auch in der Schule ließen die Gerüchte langsam nach. Die Mutter der Kleinen, die mit dem großen Busen und den roten Haaren, verschwand von einem Tag auf den anderen aus unserem Viertel. Zog über Nacht weg. Wohin wusste niemand.
Alles ging wieder seiner Wege, und andere Geschichten, wie ein erneuter Überfall auf den Kioskbesitzer – bei dem der alte Mann durch einen Messerstich schwer verletzt wurde –, gerieten ins Interesse der Ermittler und der Anwohner.
Ein Jahr später redete niemand mehr über den Mord an dem Mädchen aus der Vier. Den Täter konnte man nie ermitteln.

Und so lebte ich weiter in den Tag, ging zur Schule, den großen Jungs aus dem Weg und abends, wenn es draußen dunkel wurde, auf die „Pirsch".
Ich schlich mich um die Häuser. Erweiterte meinen Wirkungsgrad, fuhr mit dem Bus in andere Gegenden der Stadt oder auch in andere Städte.
Es gefiel mir nach wie vor Menschen zu beobach-

ten, um diesen Drang, dieses einzigartige Gefühl von Überlegenheit zu genießen, während sie ahnungslos bei Tische saßen und über die belanglosen Dinge des Alltags sprachen.
Ich sah in ihre Wohnungen und verfolgte ihre Gewohnheiten und Eigenarten. Stellte mich in dunkle Nischen und ließ sie unbemerkt an mir vorbeigehen. Schaute ihnen beim Essen zu, bei Gespräche. Lauschte und horchte. Versuchte, anhand ihrer Mundbewegungen von ihren Lippen abzulesen und Wörter oder sogar Sätze zu entschlüsseln. Ich nahm an ihrem Alltag teil. Ich sah ihnen zu. Beim Arbeiten, beim Fernsehen, beim Telefonieren und beim Sex. Und bei all ihrem Tun und Handeln bemerkten sie nie, dass sie beobachtet wurden.
Meine Gier wurde erneut geweckt. Inneres Unwetter zog auf. Die Blitze in meinem Kopf wurden greller und lauter, und der Drang verstärkte sich immer mehr. Mit jedem Tag. Mit jeder Nacht. Und als sich die Stimme mit den Worten meldete: *Wie lange willst du eigentlich noch warten?*, wurde es Zeit zu handeln.
Es musste nur noch die richtige Beute ausgemacht werden. Ein Schema gab es nicht, aber so etwas Kleines wie beim ersten Mal könnte es schon sein.
Die passende Gelegenheit ergab sich dann aus einem Zufall heraus.
Ich saß im letzten Linienbus auf dem Weg nach Hause. Draußen dämmerte es, es war etwa halb

zehn, als der linke Vorderreifen des alten Busses mit einem lauten Knall platzte. Der Fahrer fuhr fluchend und rudernd an den Seitenstreifen der Landstraße. Es waren nicht mehr viele Personen im Bus, etwa fünf oder sechs. Höchstens sieben.

Als der Busfahrer aufstand, um sich das Dilemma draußen anzusehen, erlitt eine ältere Dame, die vorne links hinter dem Fahrer saß, einen Kreislaufkollaps und sackte zusammen. Ein Mann eilte nach vorne, um ihr zu Hilfe zu kommen.

Ich sah aus dem Fenster und überlegte, wie lange ich wohl von hier aus zu Fuß nach Hause brauchte. Ich versuchte mich zu orientieren, und dann fiel mir der Feldweg ein, der nicht weit von hier am Kanal entlang bis zu der Fabrik führte, an der ich damals meinen Pullover vergraben hatte.

Ich stand auf und drängte mich an dem Mann vorbei, der sich besorgt über die ältere Frau beugte.

Die Tür vorne war geöffnet, ich stieg aus, und als der Busfahrer mich bemerkte, fragte er, wo ich denn hin wollte.

»Nach Hause.« Das war alles was ich ihm antwortete. Dann ging ich über die Wiese in Richtung Feldweg und drehte mich nicht mehr um.

Noch konnte ich im Halbdunkel der Dämmerung gut sehen, und ich kam schon bald am Kanal an, der letztlich zum Feldweg führte. Jetzt musste ich nur immer dem Weg folgen.

Schon nach ein paar Minuten hörte ich Stimmen von hinten.

Ich drehte mich um und sah zwei Radfahrer den Weg entlangkommen. Sie unterhielten sich, nein, sie stritten sich. Ein Pärchen.

So schnell wie sie mich erreicht hatten, waren sie auch schon an mir vorbei. Und jetzt kam mir eine, wie sich schon bald herausstellen sollte, geniale Idee.

Ich blieb stehen, drehte mich einmal um die eigene Achse und verließ den Feldweg. Ich ging ein, zwei Meter quer zum Weg ins Grün und legte mich dann einfach in das Gras, was hier am Rande wuchs und mir eine ausgezeichnete Deckung gab.

Ich lag mit dem Kopf auf der Erde, schloss die Augen und lauschte. Ich unterhielt mich leise mit der Stimme in meinem Kopf. Ein nettes, kurzes Gespräch, und ich fühlte mich gut.

Es dauerte nicht lange, bis wieder jemand vorbeikam. Ich hob langsam und vorsichtig meinen Kopf und konnte einen älteren Mann mit Stock sehen, der scheinbar einen abendlichen Spaziergang machte. Er schlenderte an mir vorbei, ohne mich zu bemerken. Ein hervorragender Ausgangspunkt für einen Überraschungsangriff.

Das hohe Gras knisterte im leichten Wind, und ich blieb in geduckter Haltung. Wartend. Auf Beute. Sie kam. Wieder so ein junges Kleines. Ich konnte es wittern. Mein Jagdinstinkt wurde geweckt, und meine Gehirnaktivität war nur noch auf das Erlegen des Beutetieres ausgerichtet.

Alle Sinne auf Hochtouren ...

... Es kommt näher. Allein. Ohne den Schutz des Muttertieres. Perfekt. Jede Faser meines Körpers angespannt. Das Kitz im Fokus. Im Schutze des Grases. Halbdunkel. Savanne. Perfekte Tarnung.
Es hat keine Ahnung, in welcher Gefahr es ist, das Kleine. Gleich.
Noch zwei Meter. Sprungbereit.
Noch nicht. Noch nicht!
Ein Meter. Jetzt!
Überraschungsmoment nutzen. Das Kleine fällt. Mit mir. Ameisen tanzen. Tango! Rasenmäher unter der Kopfhaut.
Es will schreien, wehrt sich heftig. Strampelt. Kratzt und beißt. Beißen kann ich auch. Besser sogar.
Meine Zähne schlagen sich in den zarten Hals. Meine Hand erstickt den Schrei. Warmes Blut. Das Böse ich im Kopf meldet mit irrer Stimme:
Du hast es, du hast es!
Gleich vorbei, kleines Kitz. Ich beiße erneut. Die andere Seite des Halses ist jetzt das Ziel. Meine Fangzähne vergraben sich im warmen Fleisch. Die Gegenwehr lässt nach, und ich löse meine Hand. Kein Schrei. Nur noch ein Pfeifen aus dem kleinen Mäulchen, welches von blassen, zitternden Lippen umrandet ist. Ein kurzes Umsehen. Nichts. Kein anderes Raubtier. Keine Muttergazelle. Ich ziehe die noch lebende Beute ins hohe Gras. Es ist getan.

Die jungen Augen, flehend, ängstlich, fragen „Warum"? Ich antworte: »Zufall« und spreche ihm Mut zu, auf dem letzten Weg ins Ungewisse. Es scheint ängstlich, sucht nach Alternativen, die es nun nicht mehr gibt. Ein letztes, verzweifeltes Wimmern. Ich küsse die weichen Lippen, nehme mir den allerletzten Atem und sehe dem kleinen, armen Ding in die Augen, die jetzt starr ins Leere blicken.
Der Rausch ist vorbei. Der Drang auch. Die Stimme im Kopf verstummt. Die Blitze erlöschen, und die Ameisen stellen den Tanz ein. Was noch eine Weile bleibt, ist das Rauschen, und ich genieße den Fluss, der durch meinen Kopf strömt. Er ist kühl und trägt mich auf seinen Wellen. Noch ein bisschen, ja. Dann verblasst der Strom der Farben, und noch bevor das alles zur Neige geht, mache ich mich an die Pflicht.
Ich ziehe die junge Beute ins immer dichter werdende Gras bis zur Böschung und hinunter zum Kanal. Ich rolle sie das letzte Stück und lasse sie langsam ins Wasser gleiten. Nicht ausrutschen! Die Strömung ist sehr stark, und es sind schon Leute ertrunken, weil sie die Gefahr des Kanals unterschätzt hatten.
Jetzt treibt das Kleine mit der Strömung davon …

… Es war dunkel geworden. Ich wischte mir mit dem kalten Wasser das Blut aus dem Gesicht und ging nach Hause.

Dort angekommen, verwirrte es mich, meinen Vater und meine Mutter gemeinsam auf dem Sofa sitzen zu sehen. Der Fernseher lief und Vater hatte den Arm um meine Mutter gelegt. Auf dem Wohnzimmertisch standen zwei Gläser und eine offene Flasche Wein. Es roch merkwürdig. Süß.
Meine Eltern sahen zufrieden aus, lächelten mich an, nein, grinsten mich an, als ich durch die Tür kam und sie fragend anstarrte. Mein Vater begrüßte mich mit einem »Hallo Junge« und grinste weiter. Keiner der beiden fragte, wo ich war oder was ich gemacht hatte. Gut so.
Was war mit den beiden? Ich konnte mich nicht erinnern, sie jemals so entspannt und zufrieden gesehen zu haben. Gemeinsam.
Ich ließ meine Eltern wissen, dass ich müde war und ging in mein Zimmer. Ich schloss die Tür und war immer noch verwirrt. Das Verhalten der beiden konnte ich nicht einordnen.
An die Kleine vom Feldweg dachte ich nicht. Auch nicht, als ich feststellte, dass sie mich in die Hand gebissen hatte. Kleine Abdrücke von Zähnen zeichneten sich auf meinem Handrücken ab. In diesem Moment nahm ich plötzlich das Lachen meines Vaters wahr. Und gleich darauf das meiner Mutter.
Das war doch nicht normal. Schlugen sich ständig die Köpfe ein, stritten ununterbrochen, und von einem Tag auf den anderen waren sie ein Herz und eine Seele. Mir kamen verrückte Gedanken.

Sie hatten im Lotto gewonnen! Feierten und sagten ihrem Sohn nichts. Und morgen waren sie vielleicht weg. Wehe, wenn sie mich hängenließen. Ich würde es ihnen nicht verübeln, wenn sie aus dem Viertel hier wegzögen. Auch nicht, wenn sie ohne mich verschwinden würden. Ich war vierzehn. Ich kam schon zurecht. Aber sie sollten mir Geld hierlassen. Und zwar ein Drittel. Das wäre doch nur gerecht. Eine Million durch drei. Wieviel war das? Ich war nie gut in Mathe, und als ich den Versuch startete, im Kopf eine Million durch drei zu teilen, hörte ich meine Eltern erneut lachen. Aber jetzt lachten sie wie Kinder, sie gackerten und prusteten. Mir kam der Verdacht, dass es etwas mit diesem seltsamen, süßlichen Geruch zu tun hatte, der mir gleich beim Betreten der Wohnung in die Nase gestiegen war. Ich zog meine Kleidung aus und kontrollierte sie auf Spuren, die mich verraten könnten. Alles gut. Ein bisschen Dreck, aber kein Blut. Ich legte mich ins Bett und versuchte zu schlafen. Meine Eltern blieben lustig, ich hörte sie kichern, bis ich schließlich einschlief.

Irgendwann in der Nacht wurde ich wach. Durch meine Eltern. Aber nicht durch albernes Gelächter. Ihr Schlafzimmer lag direkt neben meinem. Unsere Mietwohnung war klein. Ich hörte meine Mutter. Wusste, was ihr Gestöhne verursachte. Ich drehte mich um und rutschte dichter an die Wand, an die mein Bett grenzte.

Als ich mein Ohr an die Wand drückte, konnte ich sie noch deutlicher hören. Den gleichbleibenden Rhythmus ihres Treibens. Das leise Quietschen des elterlichen Bettes. Das sanfte Klatschen ihrer nackten Körper. Vaters Schnaufen.
Ich entschloss mich aufzustehen. Auf Zehenspitzen schlich ich durch mein Zimmer. Vorsichtig, fast in Zeitlupe, drückte ich den Türgriff nach unten. Mein Gesicht verzog sich bei der Prozedur zu einer Grimasse. Meine Zunge entwickelte eine Eigendynamik, wanderte über die Unterlippe. Links, rechts, links. Geschafft. Durch den offenen Türspalt konnte ich den Flur sehen. Ich ging leise weiter und auf einmal war ich wieder der Leopard. Im Schutze der Dunkelheit.
Tango ...

... Das Gewitter im Kopf fängt wieder an zu toben. Da seid ihr ja, ihr kleinen, tausendfachen Scharen von Ameisen. Fangen wieder an zu tanzen, wollen einen Tango unter meiner Schädeldecke erzwingen. Ich lasse sie gewähren und schleiche mich weiter in Richtung Schlafzimmer meiner Eltern. Als ich kurz vor ihrer Tür stehe, bemerke ich, dass sie nicht geschlossen ist. Jetzt meldet sich auch die Stimme.
Sie haben die Tür für dich aufgelassen. Du sollst sie sehen. Sie wollen, dass du ihnen zusiehst beim Liebesspiel. Worauf wartest du? Nimm die Einladung an.

Ich höre auf die Stimme in meinem Kopf und nehme die Einladung an. Gerissen, wie ein Leopard nun mal ist, gehe ich in die Knie und dann auf alle Viere.
Ich drücke die Tür ganz langsam auf, bis ich hindurchkrabbeln kann. Jetzt wird das Gestöhne meiner Mutter lauter. Im Schlafzimmer brennt kein Licht, aber meine Augen haben sich längst an die Dunkelheit gewöhnt. Als ich durch die Tür hindurch bin, warte ich. Ich verharre. Minutenlang. Keine Bewegung von mir. Von ihnen umso mehr. Aber sie registrieren mich nicht. Sind ihrem Trieb verfallen, und ihre Sinne sind benebelt.
Ich erhebe mich, meine Augen nur auf meine Eltern gerichtet. Mit dem Rücken zur Wand rücke ich Stück für Stück weiter ins Zimmer. Gleich habe ich den großen Schrank erreicht, der mir Schutz gibt. Ohne den Blick von meinen Eltern zu nehmen, drücke ich mich ganz fest in die Ecke und starre verzückt auf das wilde Treiben der beiden. Sie haben nach wie vor nicht bemerkt, dass sie bei ihrem Liebesakt einen Zuschauer im Raum haben.
Im Schutze der dunklen Ecke lauere und lausche ich, beobachte ihr Treiben, höre ihr Wimmern und Ächzen. Ihre Körper klatschen Beifall, während Mutter Vater zu schnellerem Tempo zwingen will.
Unsichtbar, eines Leoparden gleich, warte ich in der Nacht. Ich bin die Raubkatze. Die Ameisen tanzen Tango. Das Kribbeln verlagert sich tiefer. Erregung höchster Güte.

Sie sind zugedeckt. Der Vater auf der Mutter. Ihre Hände krallen sich in seinen Nacken. Wandern über seinen mächtigen Rücken. Schwere Arbeit. Ihr Kopf fliegt hoch und schlägt zurück. Ich sehe ihr blondes Haar. Und jetzt wird es lauter. Schneller. Der Takt ein anderer. Ameisen. Blitze. Grollender Donner. Hemmungsloses Körpergewirr.
Und plötzlich entdeckt sie mich! Meine Mutter sieht zu mir herüber. Keine Täuschung. Meine Sicht ist gut. Keine drei Meter bis zu ihr. Sie sieht über Vaters nackte Schulter direkt zu mir. Unsere Blicke treffen sich. Vater bleibt im Takt. Sie hören nicht auf. Sie sieht zu mir! Und ohne Zweifel, sie grinst mich an. Lüstern ihr Blick. Sie lässt es zu. Schließt ihre Augen und gibt sich erneut genüsslich hin.
Sie hat dich gesehen!
Jetzt bin ich kein Leopard mehr. Eher ein scheues Reh.
Meine Verwirrung mischt sich mit einem heftigen Schwindelanfall, und ich muss sofort das Schlafzimmer verlassen. Da ich ohnehin ertappt bin, nehme ich keine Rücksicht. Mit einem Schritt bin ich an der Tür und springe fast in den Flur.
Um ein Haar wäre ich mit dem Kopf gegen den Türpfosten geknallt.
Ich muss raus. Hier kann ich nicht bleiben. Das Gedankenkarussell in meinem Kopf dreht sich mit voller Geschwindigkeit, und die Synapsen entfachen ein ungeahntes Feuerwerk. Die Ameisen tanzen jetzt Technobeat.

Ich halte es nicht aus. Ich schnappe mir meine Jacke und verlasse mitten in der Nacht unsere Wohnung, in der meine Eltern nach wie vor lauter werden, denn ich höre sie noch bis in den Hausflur. Mit großen Schritten laufe ich die Treppe weiter nach oben. Das Dach! Ich brauche Frischluft. Muss sofort raus! Ich habe das Gefühl zu ersticken.

Oben angekommen, ziehe ich mir mühsam einen der großen Blumenkübel unter das Fenster, öffne die Dachluke und quäle mich nach draußen. Geschafft …

… Die kalte Nachtluft beruhigte mich nur langsam, aber sie tat es. Ich suchte mir einen Platz genau wie damals, stemmte mich mit den Füßen gegen die Aufkantung der Dachrinne und spürte die kalten Ziegel an meinem Hinterteil. Ich trug nur eine Unterhose.

Mit ein paar Griffen versuchte ich mir die Jacke ein wenig unter mein Gesäß zu ziehen, um etwas bequemer zu sitzen. Der Wind pfiff, aber mir war nicht kalt. Es tat gut da oben zu sein und fühlte sich wie eine Befreiung an. Und auch das Gewitter in meinem Kopf zog langsam weiter. Nur noch vereinzelt war der ein oder andere Donner zu hören. Dumpfes Grollen von weit her. Die Ameisen waren schlafengegangen. Aber Mutters wollüstiger Gesichtsausdruck blieb. Dass er sich für immer in meine Ge-

hirnwindungen gebrannt hatte, wusste ich zu diesem Zeitpunkt noch nicht.
Ich starrte in die Nacht, ohne wirklich zu sehen. Die Bilder meiner Eltern tauchten immer wieder vor meinen Augen auf, Mutters Stöhnen, ihr Haar, und ich konnte nicht einordnen, was mir mein Gehirn aufzeichnete. Aber als ich sie so unter meinem Vater hatte liegen sehen, wippend und wimmernd, war ich erregt gewesen. Und genau das verwirrte mich. Ich fragte mich, ob sie es sonst nie getan hatten. Warum hatte ich sie noch nie vorher gehört? Hatten sie gewartet, bis ich aus dem Haus war?
Oder hatte es bei den beiden in den letzten Jahren kein Liebesleben gegeben? Was hatte sie an diesem Abend, in dieser Nacht so zusammengebracht? Ich hatte keine Antworten. Nur Fragen.
Und auf einmal war die Katze wieder da. Schneeweiß mit grünen Augen. Sie drückte ihren Kopf an meine Seite, als hätte sie auf mich gewartet und würde mich schon ewig kennen. Was machte sie hier oben auf dem Dach, fragte ich mich? Suchte sie genau wie ich die Abgeschiedenheit, oder war sie immer hier oben?
Ich streichelte ihr dichtes, weiches Fell. Sie genoss sofort die Aufmerksamkeit und begann genüsslich zu schnurren. Wieder wurde ich an das Stöhnen meiner Mutter erinnert. Ich versuchte die Gedanken loszuwerden, konzentrierte mich ganz auf die Katze und begann leise mit ihr zu reden.

Ich wollte wissen, zu wem sie gehörte, wie sie hier hochgekommen war und ob sie Katze oder Kater war. Sie blieb mir die Antworten schuldig, aber ich fühlte mich durch sie besser, denn das Gedanken-Potpourri in meinem Kopf löste sich langsam, und ich entspannte mich. Die Katze entspannte mich. Sie blieb, genoss meine Zuwendung, und ich bekam das Gefühl, dass wir vom gleichen Schlag waren. Einsame Jäger.
Ich hob sie vorsichtig auf meinen Schoß und kraulte ihren Hals. Wir gaben uns gegenseitig Wärme, denn der Wind war kalt hier oben über den Dächern unserer Siedlung, und es tat gut einen Verbündeten zu haben.
Du hast doch mich. Du bist nicht allein.
Ich wusste nicht, wie lange ich dort oben mit ihr gesessen hatte, aber als ich vom Dach zurück in unsere Wohnung kam und mich durch unseren Flur in mein Zimmer schlich, wurde es schon hell draußen. In der Wohnung war es still. Schliefen sie? Die Schlafzimmertür stand nach wie vor offen, und ich lauschte.
Ja, sie schliefen. Ich hörte sie leise atmen. Beide. Also doch kein Lottogewinn. Sie blieben.
Ich legte mich in mein Bett, und es dauerte, bis ich endlich Schlaf fand. Zuviel für meinen Kopf. Wilde Träume überfielen mich, und als ich gegen Mittag wach wurde, war ich nass geschwitzt. Ich wagte es kaum mein Zimmer zu verlassen. Aber meine Blase

drückte, und ich kam nicht umhin auf die Toilette zu gehen, wollte ich nicht in die Hose machen.
Ich schlich genau wie in der Nacht über den Flur und öffnete die Badezimmertür. Ich rechnete mit allem, aber nicht damit, dass meine Mutter im Bad stehen und sich die Haare machen würde. Sie drehte sich nicht um, sondern schaute durch den Spiegel zu mir und grinste mir ein freundliches »Guten Morgen, mein Sohn« entgegen. Sofort hatte ich die Bilder von gestern Nacht im Kopf. Ich stotterte ein »Guten Morgen« zurück und ließ sie wissen, dass ich dringend die Toilette benötigte. Sie verließ das Bad und übergab es mit einem seltsamen Lächeln an mich. Ich wusste nicht wohin ich sehen sollte, konnte ihren Blick nicht erwidern. Ich schloss die Tür und setzte mich.
Ich traute mich kaum zu pinkeln. Mir war nicht wohl. Ich fühlte mich ertappt. Peinlich berührt, aber ich konnte nicht die ganze Zeit im Bad bleiben. Auf einmal klopfte es an der Tür. Ich erschrak fast zu Tode.
»Ich muss weg, du kleiner Spitzel. Bin bald zurück.«
Wie bitte? Das hatte sie nicht gesagt. Das bildete ich mir ja wohl ein. Ich sah in den Spiegel. Wurde ich jetzt völlig verrückt. Was hatte sie gesagt? Du kleiner Spitzel?!
Hat sie das? Ich wäre mir nicht so sicher.
Das musste ich genau wissen, auch auf die Gefahr hin, mich jetzt in eine völlig peinliche Situation zu begeben.

Ich riss die Badezimmertür auf und wollte sie fragen, aber als ich auf den Flur sah, hörte ich gerade noch, wie die Haustür ins Schloss fiel.

Das hatte sie nicht gesagt, meine Gedanken mussten mir einen Streich gespielt haben. Ich hatte ja schlecht geschlafen.

Die Stimme in meinem Kopf mischte sich ein.

Und wenn sie es gesagt hat. Na und? Sie hat dich doch sowieso gesehen, und es hat ihr gefallen, dass du sie dabei beobachtet hast. Es hat ihr gefallen! Verstehst du die Tragweite denn nicht? Es hat ihr gefallen. Sie hat es genossen!

Ja, das war richtig. Ich sollte mich nicht verrückt machen. Was war schon peinlich daran, wenn sie es akzeptierte, dass ich sie dabei beobachtet hatte. Hauptsache Vater hatte es nicht mitbekommen. Wo war der überhaupt? Ich ging nachsehen. Er war nicht da. Ich zog mich an, aß etwas und machte mich auf den Weg nach draußen. Ich musste mich ablenken nach dieser Nacht. Irgendwie.

Ich rannte einfach ziellos durch die Gegend, bis die Bilder der vergangenen Nacht verblassten, mein Kopf wieder klar war.

Und ich tötete wieder ...

Kapitel 5
Die Stimme wird lauter

Es kehrte wieder Ruhe ein. In unser Viertel. In unser Leben. In meinen Kopf.

Die Nacht im Schlafzimmer meiner Eltern geriet in Vergessenheit, obwohl Mutter mich seitdem oft auf seltsame Weise ansah und dabei so eigenartig lächelte. Ich war dann meist verunsichert und hatte das Gefühl, als würde sie meine Unsicherheit genießen. Es war ein schelmisches, forderndes Lächeln. Jedenfalls empfand ich es so.

Ansonsten war alles wie immer. Ab und zu fuhr die Polizei mit ihren Wagen Streife durch unser Viertel. Dadurch gab es nicht mehr ganz so viele Schlägereien, kaum Überfälle und auch sonst keine nennenswerten Zwischenfälle. Alles ganz normal. Die Dämonen schliefen, die Ermittlungen stockten.

Das zweite Mädchen wurde lange nicht gefunden. Als man sie doch eines Tages entdeckte, hatte die Strömung des Kanals sie etliche Kilometer weit fortgespült. Passanten entdeckten die Leiche an einem Wehr, eingeklemmt zwischen Metallsparren, die dafür sorgen sollten, dass keinerlei Treibgut in das Innere des Wehrs gelangte.

Es klingelte kein Polizist, kein Kriminalbeamter an unserer Tür. Nichts. Es gab vermutlich keine konkreten Anhaltspunkte, wo genau und wie das Mädchen in den Kanal gelangt war.

Es waren angenehme, ruhige Tage ohne Kribbeln oder Tango in meinem Kopf. Und auch die Stimme meldete sich lange nicht.

Aber mit der Ruhe sollte es vorbei sein, als ich eines Tages von der Schule nach Hause kam und Mutter weinend am Küchentisch vorfand.

Auf meine Frage, was denn los wäre, antwortete sie mir nur, dass Papa jetzt eine ganze Zeit nicht wiederkäme und wir sehen müssten, wie wir ohne ihn zurechtkämen.

Ich stellte keine weiteren Fragen. Akzeptierte Mutters Aussage, und es störte mich nicht, dass er nicht mehr da war. Ganz im Gegenteil. Nach kurzer Zeit fühlte ich mich wesentlich wohler, denn mir wurde bewusst, dass es ab jetzt keine Streitigkeiten mehr geben würde. Keine lautstarken Diskussionen und schon gar keine fliegenden Aschenbecher. Ich war froh, dass er weg war, auch wenn Mutter jetzt viel weinte und des Öfteren mal eine Flasche Wein leerte. Alleine.

Ich für meinen Teil brauchte wenigstens keine Angst mehr davor zu haben, von Vater runtergemacht zu werden, wenn ich mal wieder von den älteren Jungs verprügelt worden war. Und auch keine Angst mehr davor, dass er abends betrunken aus der Kneipe kam und ich mich vorsehen musste, was ich dann zu ihm sagte.

Und mein Zimmer brauchte ich auch nicht mehr zu verschließen. Das musste ich bisher einige Male tun, weil ich einfach nur Angst vor ihm und seinen Wutausbrüchen hatte. Ich wusste dann keinen anderen Schutz, als mich in meinem Zimmer einzuschließen und zu warten, bis der Sturm vorbei war.

Alles in allem war es ein Segen. Ich war jetzt der Mann im Haus. Und es dauerte nicht lange, bis sich ein Gefühl von Macht in mir breitmachte und sich die vertraute Stimme in meinem Kopf zu Wort meldete.

Du bist jetzt der Mann im Haus? Dann komm deinen Pflichten nach!

»Was meinst du damit?«

Was ich damit meine? Wie naiv bist du eigentlich? Du weißt genau, was ich meine. Vater ist weg, und wer kümmert sich jetzt um Mutter? Denk doch an die Nacht. Sie hat dich gesehen und nichts unternommen. In jener Nacht, als du zugesehen hast. Du weißt genau, wovon ich rede. Sie hat dich seit dieser Nacht anders betrachtet. Sie hat gewusst, dass du ein Mann bist. Die Zeit ist reif. Du bist reif. Sie wartet.

»Ich ... aber ...«

Hör auf, du kotzt mich an. Du bist doch kein Mädchen. Werde jetzt bloß nicht wieder weich. Das warst du lange genug. Was glaubst du, warum Vater dich so gehasst hat?

»Hör auf! Lass mich!«

Ich bekam rasende Kopfschmerzen und wäre am liebsten gegen die Wand gerannt, um die Stimme zum Schweigen zu bringen.

Ich spürte wieder dieses Kribbeln unter der Kopfhaut. Den Tango der Ameisen dicht unter der Schädeldecke. Aber es war anders als sonst. Sie tanzten nicht im Rhythmus. Nicht im Einklang. Es war nicht angenehm, fühlte sich nicht warm und wohlig an, wie all die Male davor. Und auch die Stimme klang zu fordernd, zu forsch, zu aggressiv. Ich wurde sie nicht los. Ich wollte sie jetzt nicht in meinem Kopf haben.
Aber sie ließ mich nicht in Ruhe, redete unaufhörlich auf mich ein. Sie fing an mich zu beschimpfen, mich niederzumachen. Genau wie es Vater getan hatte.
Und du bist doch ein Mädchen. Ich kann deinen Anblick nicht ertragen. Warum kannst du nicht sein wie Vater? Warum bist du so? Willst du dich immer verkriechen, wie ein verängstigter Hase? Nein, ein Hase ist nicht so jämmerlich, wie du es bist!
»Lass mich. Du hast kein Recht so zu reden. Verschwinde!«
Ich verschwinde. Aber beweise, dass du ein Mann bist. Kein Weichei! Ich komme wieder. Das weißt du.
Es wurde Zeit etwas zu unternehmen, der Stimme in meinem Kopf zu beweisen, dass ich kein Weichei war.
Also ließ ich mir etwas einfallen. Und da kamen mir die drei Jungs in den Sinn. Die drei Typen, die mich damals so mies behandelt hatten. Jetzt war der richtige Zeitpunkt für meine Rache gekommen.

Ich suchte die Stellen auf, an denen sie sich oft aufhielten. Da gab es den Güterbahnhof hinter dem Wald. Den Schulhof, wo sie sich nachmittags manchmal zum Biertrinken trafen. Die ehemalige Fabrik. Es gab unzählige Ecken, an denen sie hätten sein können und es dauerte eine Ewigkeit, bis ich sie aufgespürt hatte. Ich musste unendliche Kilometer zu Fuß zurücklegen. Mein Fahrrad hatten sie ja zerstört und allein dafür musste endlich Zahltag sein. Ich wollte nicht, dass die Stimme erneut auf so aggressive Art und Weise in meinem Kopf auftauchte. Die Jungs waren genau das richtige Ziel, um den Beweis anzutreten, dass ich ein Mann war. Ein richtiger Mann.

Sie waren bei der Eisenbahnunterführung. Zu zweit. Der Anführer Isam und der Grieche. Der Albaner war nicht bei ihnen, das spielte mir in die Karten. So brauchte ich mich vorerst nur um die beiden zu kümmern. Sie wussten nicht, dass ich einen Plan hatte. Einen exakten Plan, wie ich vorgehen musste, um der lauter werdenden Stimme in meinem Kopf gerecht zu werden.

Jetzt war es also an der Zeit ihn in die Tat umzusetzen. Als sie mich sahen, gab es gleich wieder blöde Sprüche, die mich wütend machten, aber ich behielt die Kontrolle. Sollten sie mich doch als klein und feige betiteln. Mal sehen, wer zuletzt lachte. Der Leopard war nicht nur unsichtbar in der Nacht, er kannte auch List und Tücke. Und er wusste seine

Fähigkeiten zu nutzen, wenn es darum ging Beute zu machen. Oder wie in diesem Fall Konkurrenten zu beseitigen, um das Gleichgewicht im Jagdrevier wiederherzustellen.

Unter einem Vorwand und mit einer gekonnten Lüge lockte ich die beiden zurück in unsere Siedlung. Ich machte sie richtig neugierig, als ich von einer sensationellen Entdeckung sprach. Mehr verriet ich vorerst nicht. Der Anführer nahm mich auf dem Gepäckträger seines Fahrrads mit, damit wir schneller vorankamen. Ich hatte sie.

Wir fuhren zum Mozarthaus. Das war das höchste Gebäude in unserer Siedlung und hatte zwölf Stockwerke. Es wurde Mozarthaus genannt, weil es in der Mozartstraße stand. Ganz einfach.

Wir nahmen den Fahrstuhl bis ganz nach oben, und von dort ging es genau wie in unserem Wohnblock über die letzte Treppe zum Dachfenster.

Ich war vorher schon einmal hier gewesen, hatte mir alles angesehen und darauf geachtet, dass mich niemand dabei beobachtete. Ich hatte alles vorbereitet. Man kam eigentlich ganz einfach in das Gebäude. Man drückte unten vor der Eingangstür alle Klingeln und wartete. Irgendjemand betätigte immer den elektrischen Türöffner. Den Summer, wie hier alle sagten.

Da in jedem Haus immer irgendetwas Hilfreiches unter dem Dachfenster stand, war es nicht schwierig gewesen, für meine Vorbereitungen auf das

Dach zu gelangen. Ich hatte da draußen eine Geldkassette platziert. Diese Kassette hatte ich vor einiger Zeit in Vaters Schrank entdeckt, als ich versucht hatte, mich dort drinnen zu verstecken. Ich wollte ausprobieren, wie lange man es in so einem Schrank aushielt. Und ob man die Tür von innen zusperren konnte und später wieder auf und solche Sachen. Ich hatte geübt. Man konnte ja nie wissen, wo man so landete, wenn man auf der Pirsch war. Und bei dieser Übung war ich auf die Kassette gestoßen.

Sie war leer gewesen, der Schlüssel steckte. Vater war weg, also hatte ich sie mir genommen.

Und als meine Idee, die Jungs auf das Dach zu locken, ausgereift war, hatte ich mir die Kassette in einer Plastiktüte unter die Jacke gesteckt, meinem Vorhaben entsprechend präpariert und auf dem Dach des Mozarthauses in Position gelegt.

Und da lag sie jetzt. Direkt am Rand des Daches. Den Schlüssel hatte ich in der Tasche.

Unter dem Dachfenster angekommen, schauten mich die beiden Jungs fragend an, zögerten aber nicht mir zu folgen, als ich als erster hinausgeklettert war. Ich sah sofort die Kassette und wusste, dass alles nach Plan lief. Die beiden entdeckten sie auch gleich und fragten nicht mehr, warum ich mit ihnen dort hoch gewollt hatte. Sie reagierten genauso, wie ich es mir gedacht hatte. Blind vor Neugier.

Sie balancierten über die Ziegel zu der Kassette und nahmen sie in die Hand. Sie war schwer, denn ich hatte sie mit Sand gefüllt. Der Sand war in einer Tüte eingeschlossen, damit er nicht durch die Ritzen herausrieselte und der Schwindel aufflog. Und sie sollte schwer sein, neugierig machen, sich nach Reichtum anfühlen. Sie hatten einen Schatz gefunden. Diese kleinen Idioten...

... Da sag noch einer, du kannst nichts!
Die Stimme meldet sich wieder zu Wort. Ruhig und entspannt hört sie sich an. Genauso, wie ich mich fühle.
Die Jungs sind gierig, wollen das Geheimnis lüften. Wollen wissen, was sich in der Geldkassette befindet. Stehen am Rand des Daches, und ihre Sinne sind ausschließlich auf Geld ausgerichtet. Sie ignorieren die Gefahr, weil sie zu neugierig und zu gierig sind. Fragen drängelnd nach dem Schlüssel. Begreifen nichts.
Ich zeige ihnen den Schlüssel, sage, dass ich die Kiste aufmache und wir gerecht teilen.
Ihre Augen fangen an zu funkeln. Wie die Augen kleiner Kinder zu Weihnachten. Sie stehen dicht am Rand des Dachs, dort, wo der Tod lauert.
Ich kann ihn spüren. Ihn flüstern hören. Genau wie damals auf dem Dach. Ich kann ihn fast riechen, den Tod.
Sie nicht! Alle Sinne auf Gier.

Die beiden streiten sich um die Kassette, zerren an ihr. Sind beide so von Sinnen, dass sie den billigen Schwindel nicht erkennen. Und in dem Augenblick, in dem der Anführer Isam mir die Kassette zum Öffnen reicht, lasse ich sie einfach fallen.

Beide Augenpaare verfolgen den vermeintlichen Schatz, sodass sie meine Bewegung in diesem Augenblick nicht registrieren. Eine einzige Sekunde lassen sie mich aus den Augen und starren zu Boden. Nur eine Sekunde, aber die ist geplant und reicht für mein Vorhaben aus. Eine entscheidende Sekunde, die ihren Tod bedeutet.

Ich mache nur einen Schritt nach vorne, beide Arme ausgestreckt. Mit dem linken Arm stoße ich den Anführer Isam an und mit dem rechten Arm den Griechen. Die ihnen verbleibende Zeit reicht nicht, um zu verstehen, was gerade passiert. Noch nicht einmal, um kurz wieder zu mir aufzusehen.

Im Bruchteil einer Sekunde sind sie aus meinem Sichtfeld verschwunden.

Ein Geschenk an den Tod.

Während sie stumm in die Tiefe stürzen, nehme ich die Geldkassette an mich. Öffne sie, nehme den Beutel mit dem Sand heraus und verstreue ihn auf dem Dach, sodass der stete Wind ihn gleichmäßig verteilt und mögliche Spuren davonwehen.

Ich schaue mich um. Totenstille. Niemand hier, außer mir. Perfekt. Ich verlasse diesen Ort erhobenen Hauptes. Groß und mächtig wie ein König …

… Als ich unten ankam, war dort schon Tumult.
Ich hörte Hilferufe, Schreie. Menschen, die um das Gebäude liefen. Zu spät.
Während ich nach Hause ging, meldete sich die Stimme nochmal.
Ich wusste, dass du das packst. Du bist ein richtiger Mann. Und jetzt musst du an Mutter denken. Sie braucht einen Mann.
Zu Hause angekommen ging ich erst einmal unter die Dusche und aß danach etwas. Mutter war nicht da. Ich fühlte mich gut, und ich bekam Lust auf ein Glas Wein. Wir hatten Wein im Haus. Immer.
Ich öffnete die Flasche, ließ sie ein paar Minuten stehen, holte mir in der Zeit ein Glas aus dem Barfach unserer Anrichte und schenkte es dann voll. Wieder wartete ich ein paar Minuten und saß einfach nur da, gedankenlos. Genoss das Gefühl der Entspannung. Kein Hauch von Einsamkeit, Traurigkeit oder Leere. Nein, es war ein schönes, warmes Gefühl von wohliger Zufriedenheit.
Und als Mutter später nach Hause kam, hockte ich angetrunken im Wohnzimmer. Ich begrüßte sie und fragte erst gar nicht, ob sie auch ein Glas Wein möchte, sondern schenkte ihr einfach eines ein. Randvoll.
Wir saßen zusammen und unterhielten uns. Nachdem ich die zweite Flasche geöffnet hatte, lockerte sich ihre Zunge, und sie erzählte mir, dass Vater im Gefängnis saß.

Er hatte versucht, eine Bank zu überfallen. Die Betonung lag auf *versucht*.

Während Mutter mir von den Einzelheiten berichtete, hörte ich gar nicht mehr richtig zu und dachte nur daran, was mein Vater für ein Idiot war.

Und dieser Vater hatte mir weismachen wollen, dass ich ein Versager wäre. Ich? Vielleicht war ich nicht mehr ich selbst, seit dem Ereignis im Keller, aber ein Versager? Nein. Ganz sicher nicht!

Ich spürte den Wein in meinem Kopf, schaute in Mutters Gesicht und wurde wieder an ihre Blicke in jener Nacht im Schlafzimmer erinnert. Sie hatte sich mit den oberen Zähnen auf die Unterlippe gebissen, während Vater auf ihr lag.

Ich hatte es ganz genau beobachtet. Hatte sie mich gesehen? Und dann platzte die Frage, die ich für mich behalten wollte, einfach aus mir heraus. Ich unterbrach sie mitten im Satz.

»Hast du mich gesehen in dieser Nacht?«

Sie schaute mich mit großen Augen an und stand dann auf, ohne etwas zu sagen. Ich blickte ihr nach. Sie ging zur Tür, drehte sich nochmal um und sagte: »Ich bin müde, mein Sohn. Ich gehe schlafen. Gute Nacht.«

Dann verschwand sie ins Schlafzimmer. Ich blieb alleine im Wohnzimmer sitzen und wartete auf die Stimme, die mir sagte, was ich nun machen sollte. Aber sie blieb stumm.

Ausgerechnet jetzt hörte ich kein Wort. Hing das mit dem Wein zusammen? Mochte mein Kopf keinen Alkohol? War ich ein Mann? Sollte ich zu Mutter ins Schlafzimmer gehen? Was war richtig und was falsch? Sie war meine Mutter. Aber sie erregte mich! Was war mit mir?
Ich war betrunken. Ich wollte auch ins Bett gehen. Als ich aufstand, kam die Wirkung des Weines mit voller Wucht, und ich konnte mich kaum noch auf den Beinen halten. Fast wäre ich über den Wohnzimmertisch gestürzt. Jetzt bloß keinen Mist bauen. Alles drehte sich, und mein Magen meldete sich. Der erste Alkoholrausch. Mit vierzehn. Mutter hatte nichts dagegen gehabt, dass ich etwas Wein trank. Ganz im Gegenteil.
Wir hatten heute zum ersten Mal so lange zusammengesessen und uns toll unterhalten. Wie zwei Erwachsene. Ich sollte jetzt doch zu ihr ins Schlafzimmer gehen und ihr Mann sein. Sie brauchte einen Mann. Ich war ihr Mann.
Und dann ging ich tatsächlich zu ihr. Mein Herz fing an zu rasen, als mir bewusst wurde, worauf das hier hinausführte. Mein Atem ging schnell, und trotz jeder Menge Alkohol war ich angespannt. Wie würde sie reagieren, wenn sie mich gleich neben sich spürte?...

... Mach dir keine Gedanken, das lenkt dich nur ab. Geh jetzt einfach herüber zu ihr und sei gut.

Entspann dich und verhalte dich jetzt wie der Mann, der du vorgibst zu sein. Fall jetzt bloß nicht in alte Verhaltensmuster zurück.
»Da bist du ja wieder. Dachte schon, ich muss die Sache hier allein bewältigen.«
Quatsch nicht. Pirsch dich an. Lass deinen Instinkten freien Lauf. Raubzug. Beute. Erleg sie. Mach es ihr!
»Ruhe! Ich bin ja schon unterwegs.«
Also los. Ich lege mich zu ihr. Mutter. Sie liegt auf der Seite, mit dem Rücken zu mir. Ganz behutsam lege ich mich an ihre Seite. Ich rieche ihren Körper. Sie riecht göttlich. Die Wärme ihres nackten Körpers steigt unter der Decke hervor und benebelt meine ohnehin schon weingetrübten Sinne. Ich wage den Angriff. Sie schläft. Oder doch nicht? Ich drücke mich seitlich an sie. Meine Knie in ihre Kniekehlen. Die Ameisen beginnen mit dem Tanz. Ich beginne ihren Rücken mit sanften Küssen zu bedecken.
Stimme, du brauchst mir nicht zu sagen, wie ich es machen soll. Instinkt. Ich lege ganz vorsichtig meinen Arm um sie und taste nach ihrem Busen. Sie bewegt sich nicht. Schlagartig wird mir alles klar. Sie wird sich nicht bewegen. Während der ganzen Zeit wird sie stillhalten. Geräuschlos genießen. Damit sie morgen ein reines Gewissen hat und mir in die Augen sehen kann. Ich bin ihr Sohn!
Und dann dringe ich in sie ein, und Vater kann bleiben, wo er ist. Jetzt bin ich da. Ja, ich. Gemeinsam tanzen wir Tango. Das Kribbeln ist überall. Nie war es schöner. Das ist wahres Glück.

Jetzt endlich bin ich hinter das Geheimnis gekommen. Des Wahnsinns fette Beute! Tango. Blitze. Ich bin ihr Mann. Schneller. Jaa!
Fast hätte ich mich vergessen und ihr meine Fangzähne in den Hals gerammt. Hätte Beute gemacht.
Heb sie dir auf. Sie braucht dich …

… Am nächsten Morgen wachte ich in meinem Bett auf. Ich fühlte mich total ausgelaugt, und es dauerte eine Weile, bis ich mich aus der Traumwelt zurück in die Realität begeben hatte. Dann kam der gestrige Abend in mein Gedächtnis. Ich hob meine Decke und stellte fest, dass ich mit meiner Schlafhose bekleidet war. Hatte ich geträumt? Und wenn ja, was von alledem hatte ich geträumt? Ich stand auf und öffnete mein Fenster. Mein Kopf brauchte Sauerstoff, aber auch die kühle Morgenluft brachte keine Klarheit in die Geschehnisse. Ich hatte einen trockenen Mund und ein dumpfes Dröhnen zwischen den Schläfen. So fühlte sich also ein „Kater" an.
Durst meldete sich an, und es wurde Zeit das Zimmer zu verlassen. Was erwartete mich? Mir war nicht wohl in dieser Situation, und ich wünschte mir, dass Mutter nicht da wäre. Ich holte tief Luft und verließ mein Zimmer. Angriff war die beste Verteidigung.
»Mama?« Nichts. Nochmal rufen? Nein, lieber nicht. Ich ging, nein, ich schlich den Flur entlang. Ich hatte ein Déjà-vu. Noch gar nicht so lange her, da

war ich doch genauso über unseren Flur geschlichen. Was war da noch?
Vor dem Schlafzimmer machte ich halt. Die Tür war geschlossen, und ich vermied es, dort nach ihr zu suchen. Sie war nicht in der Küche und auch nirgends sonst in der Wohnung. Also entschloss ich mich doch im Schlafzimmer nachzusehen. Ich öffnete die Tür und sah sofort das leere, zerwühlte Bett. Ich ging hinüber und setzte mich auf den Rand des Bettes. Ich legte mich auf die Seite, und sofort hatte ich Mutters Geruch in der Nase. Genau wie gestern. Ich war hier bei ihr gewesen. War ihr Mann. Wo war sie jetzt hin?
Der Durst meldete sich wieder, und ich ging in die Küche um etwas zu trinken. Warum hatte ich heute Morgen so einen Durst? Plötzlich und völlig unerwartet klingelte es an der Haustür, und ich wurde aus meinen Erinnerungen an gestern gerissen und bei dem Versuch Realität und Fantasie zu sortieren gestört.
Wieder klingelte es. Ich öffnete die Tür und stand zwei Männern gegenüber, die sich als Kripobeamte ausgaben. Sie wollten meine Mutter sprechen.
»Nicht da.«
Dann wollten sie meinen Vater sprechen.
»Nicht da.«
Und als sie mich nach meinem Namen fragten, ließ ich sie wissen, dass er direkt neben ihnen auf dem Klingelschild zu lesen wäre. Jetzt änderte sich der

Gesichtsausdruck der beiden Beamten, und sie ließen mich nun sehr bestimmt wissen, dass sie meinen Nachnamen sehr wohl kannten und meinen Vornamen wissen wollten.

Ich gab mich kooperativ, um sie nicht weiter zu verärgern. Denn ich wusste, was als nächstes kommen würde, und ich behielt Recht. Ein paar Minuten später saßen sie mir im Wohnzimmer gegenüber und versuchten mit gespielter Gleichgültigkeit ihren Fragebogen für potenzielle Verdächtige in einem möglichen Mordfall abzuarbeiten.

Es ginge um zwei Jugendliche aus der Nachbarschaft. Um Licht ins Dunkel zu bringen, wäre es wichtig, dass ich genau überlegte, ob ich etwas zu der Sache sagen könnte. Ich strengte mich also an und überlegte. Nichts.

Als sie mir dann mitteilten, dass ich in den Kreis der Tatverdächtigen gerückt wäre, erlaubte ich mir, ihnen ihre Strategie auseinanderzunehmen. Ich erklärte ihnen, dass sie meiner Meinung nach jedem sagen würden, er wäre tatverdächtig. Nur um denjenigen zu verunsichern und um Fehler zu provozieren, damit dadurch vielleicht irgendwelche Erkenntnisse ans Licht kämen. Damit hatten sie einen Augenblick zu tun, aber ich ließ sie nicht in Ruhe und setzte erneut an.

Ich schilderte ihnen meine Theorie und die weitläufige Meinung vieler anderer.

Dass es sich um Selbstmord handeln *musste*, weil

die beiden Jugendlichen, *wie waren doch gleich ihre Namen?,* in irgendeiner Weise an dem Raubüberfall auf den Kiosk an der Ecke beteiligt gewesen waren. Und dass sie außerdem auch noch Geldsorgen, Stress und Verlustängste gehabt hatten.
Die Gesichter der Beamten genoss ich innerlich.
Sie gingen ohne ein weiteres Wort. Nicht einmal ein „Halten Sie sich zur weiteren Verfügung" oder „Wir kommen wieder" oder ein anderer rhetorischer Blödsinn kam über ihre Lippen. Nichts. Sie zogen beleidigt ab. Wie kleine Kinder.
Als die Tür hinter ihnen zufiel, überkam mich wieder ein Gefühl von Allmacht und Überlegenheit, und so entschloss ich mich, heute Abend mal wieder auf die Pirsch zu gehen.
Jagen.

Kapitel 6
Die andere Seite

Bevor wir damals in dieses Viertel zogen, ging es meinen Eltern schlecht. Sie hatten kein Geld und keine Bleibe, und so kam es, dass uns die zuständigen Behörden als letzte Möglichkeit in diese Gegend verfrachteten. Ansonsten hätten wir auf der Straße schlafen müssen. An all das hatten Mutter und ich uns erinnert, als wir zwei an jenem Abend zusammen im Wohnzimmer gesessen und Wein getrunken hatten. Vater war zu stolz gewesen, seine eigenen Eltern um Hilfe zu bitten, und Mutters Eltern waren schon tot. Krebs.

Vater war seinen damaligen Job in der Reinigungsfirma losgeworden, weil er immer so schnell in Wut geriet. Er hatte seinem Chef bei einem Streit mit der Faust ins Gesicht geschlagen, weil dieser behauptet hatte, Vater würde seinen Pflichten nicht nachkommen.

Er hatte von Vater verlangt, die Toiletten der Chefetage zu putzen. Aber Vater verweigerte diese Arbeit, weil er der Meinung war, dass das nicht sein Aufgabenbereich wäre. Daraufhin hatte sein Chef gekontert, dass immer noch *er* entscheiden würde, wo die Aufgabenbereiche seiner Arbeitsdrohnen lägen. Und bei diesem Begriff „Arbeitsdrohne" war Vater ausgerastet und hatte seinem Chef mit einem

Faustschlag die Nase gebrochen. Das war es dann gewesen. Job weg. Kein Geld. Kreditvertrag für das Haus verloren. Und zu guter Letzt der Umzug in dieses Viertel.
Vielleicht wäre alles ganz anders gekommen und ich wäre ein anderer Mensch geworden, hätte Vater nicht immer diese Wutanfälle gehabt und seinem Chef nicht die Nase gebrochen.
Hätte, wäre, würde…
Es war nicht anders gekommen. Tatsache war, dass ich im Ghetto aufwachsen musste. Mit allem, was dazugehörte. Und den ersten „Rausch" hatte ich nicht vom Wein, den ich an besagtem Abend mit meiner Mutter getrunken hatte, sondern unten in einem der Kellerräume unseres schäbigen Wohnblocks.
Dort traf ich im Alter von zehn Jahren auf eine Gruppe Kinder, die etwa gleichaltrig waren.
Mutter hatte mich gebeten, einen Karton mit alten Spielsachen von mir in den Keller zu bringen, und als ich in den düsteren, muffigen Räumen des Kellers ankam, standen sie dort unten, wie Lumpenkinder nach dem Krieg. Links und rechts an die rußigen Wände des Kelleraufgangs angelehnt, ließen sie mich musternd vorbeigehen. Keiner von ihnen sagte irgendetwas, und die seltsame Stille bereitete mir Angst. Auch ich gab keinen Ton von mir und ging zügig durch die Gasse, die sie für mich gebildet hatten. Sie kamen mir geschlossen hinterher. Einer

nach dem anderen, und ich bekam Angst. Ich ging weiter, drehte mich nicht um. Suchte unseren Kellerraum und fand ihn, denn dort stand schon unser beiges Ecksofa, welches nicht mehr in unsere jetzige, viel zu kleine Wohnung passte. Die Türen der Abstellräume waren aus einfachen Holzlatten gefertigt und gaben den Blick in jeden einzelnen dieser Räume frei. Jeder war voll mit irgendwelchem Schrott. Wie ich das alles jetzt schon hasste.

Und dann sprachen sie mich an. Ich ließ den Karton auf den Boden fallen und drehte mich zu dem Trupp Kinder um, der mich bis hierher verfolgt hatte und scheinbar etwas von mir wollte.

Ich rechnete damit, meinen ersten richtigen „Arschvoll" zu bekommen, denn sie wirkten nicht gerade so, als wollten sie mich fragen, ob ich mit ihnen Fußball spielen mochte.

Sie wollten mich weder verprügeln noch mit mir Ball spielen. Sie fragten mich etwas ganz anderes. Sie wollten wissen, ob ich schon einmal auf „der anderen Seite" war oder sie sehen wollte? Alle sahen mich herausfordernd an, aber ich verstand die Frage nicht.

Sollte ich trotzdem zusagen? Ich war neu in dieser Gegend und wollte nicht feige wirken. Außerdem war ich neugierig, und so willigte ich ein. Die Neugier war stärker.

Wir gingen gemeinsam in einen der hinteren leeren Kellerräume. Hier standen nur ein paar Fahrräder, und in der Mitte des Raumes lag eine alte Wolldecke. Das Muster blieb mir ganz genau in Erinnerung, es war eine schwarz-rot karierte Decke mit weißen Fransen. Jedenfalls waren sie mal irgendwann weiß gewesen. Mittlerweile konnte man das unter dem Grau von Staub und Dreck nur noch erahnen. Von den Wänden hingen schwarze Spinnenweben wie Lametta, und die einzige Glühbirne gab nur schwaches Licht.

Die Jungen und Mädchen trugen alte ausgelatschte Turnschuhe und zerschlissene Kleidung. Sie wirkten allesamt mysteriös und fremdartig auf mich. Gar nicht wie normale, lebensfrohe Kinder. Sie machten vielmehr einen ausgezerrten, kränklichen Eindruck. Wie kleine Zombies. Sie blödelten nicht herum, lachten nicht. Sie standen nur da und starrten mich an. Sie sahen aus wie halbtote leere Hüllen. Es war angsteinflößend.

Als dann aber einer der Jungs anfing mir zu erklären, dass es sich um eine Art Ritual handeln würde, durch das man eine kurze Verbindung zum Jenseits bekäme, da wurden sie außergewöhnlich aufmerksam und grinsten auch etwas dabei. Aber es blieb dennoch still. Gespenstisch still. Solch eine eigenartige, allesumfassende Stille erlebte ich danach nie wieder. Intensivste Stille.

Der Junge war größer als die anderen Kinder, stand in der Mitte des Kreises und hatte rötliches Haar, das ihm wirr ins Gesicht hing. Er wirkte auch etwas

älter als der Rest der Gruppe. Vielleicht vierzehn oder sogar fünfzehn. Mit ernstem Blick erklärte er den Ablauf des Rituals. Eines der Kinder müsste in die Hocke gehen und zwanzig Mal tief ein- und ausatmen, dann ganz schnell aus der Hocke in den Stand hochkommen und die Luft anhalten. In diesem Moment würde dann einer der stärkeren Jungs demjenigen von hinten mit beiden Armen um den Brustkorb greifen und fest zudrücken, bis derjenige das Bewusstsein verlor. Das würde innerhalb weniger Sekunden passieren, versicherte er. Die anderen Kinder würden dafür sorgen, dass derjenige sanft und ohne Probleme auf der Decke landete, nachdem er das Bewusstsein verloren hätte.
Dafür also die Decke.
Und während dieser kurzen Ohnmachtsphase käme es, bedingt durch den plötzlichen Sauerstoffverlust im Gehirn, zu einer Verbindung mit dem Jenseits.
»Nicht wie träumen im Schlaf oder Ohnmacht. Nein. Anders. Intensiver! Es ist wie eine Brücke, die hinüberführt. Ein Rausch. Ein Fenster in die Welt der Toten. Ein Blick auf die andere Seite. Es sind Nahtoderfahrungen, die man hier bekommt.«
Der große Junge mit den rötlichen Haaren sah jeden einzelnen von uns mit stechendem Blick an. Seine Stimme war leise, aber durchdringend. Er wirkte wie ein Schauspieler. Voller Theatralik und ausholend gestikulierend, als er von diesen Dingen berichtete. Alle waren fasziniert von ihm.

Er war der Boss dieser Straßenkinder. Kein Zweifel.
Aber woher hatten sie diesen Ausdruck? *Nahtoderfahrungen*.
Das hörte sich nicht gerade vertrauenserweckend an, und mir war ganz und gar nicht wohl bei der Sache.
Zu meinem Glück meldete sich jetzt eines der beiden Mädchen freiwillig.
Alle um mich herum versicherten, dass dieses „Spiel" ungefährlich sei und dass sie alle schon einmal bei diesem Ritual mitgemacht hätten.
Das Mädchen hockte sich auf die karierte Decke, mit dem Kopf nach unten, den Blick auf die Karos der alten Wolldecke gerichtet und atmete zwanzig Mal tief ein und wieder aus, während die anderen Kinder im Kreis um sie herumstanden und gemeinsam ihre Atemzüge zählten.
Ich beobachtete das Geschehen voller Anspannung und Neugier, aber es mischte sich auch unterschwellige Angst dazu.
»Achtzehn ... neunzehn ...«
Bei zwanzig sprang das Mädchen dann plötzlich auf und ein kräftig aussehender Junge schlang sofort die Arme um ihren Brustkorb und drückte fest zu. Er beugte sich weit nach hinten dabei, streckte sich. Hob das Mädchen so hoch an, dass ihre Füße in der Luft baumelten. Es sah aus, als würde er sie töten, sie erwürgen.

Er lief vor Anstrengung rot an, und seine Knöchel zeichneten sich an beiden Händen weiß ab.

Mein Platz in der Runde ließ mich direkt in das Gesicht dieses niedlichen Mädchens blicken. Sie lächelte noch. Aber nur ganz kurz. Dann verdrehte sie die Augen und war weggetreten.

Wie auf ein unsichtbares Kommando traten die anderen Kinder sofort an das bewusstlose Mädchen heran und legten sie mit gekonnten Griffen auf die Decke, die ausgebreitet unter ihr lag.

Ich blieb stehen, ich hatte keine Aufgabe in ihrem Ritual.

Das gemeinsame Handeln der Gruppe wirkte professionell, wie bei einer Operation, einer einstudierten Übung. Jeder hatte seine Aufgabe und wusste, was zu tun war.

Ich musste an die Theatergruppe in unserer Schule denken. Bei den Aufführungen wirkten die Szenen ähnlich einstudiert. Fasziniert von diesem Treiben, hatte ich gar nicht richtig mitbekommen, dass das Mädchen schon wieder zu sich kam. Zehn Sekunden? Höchstens.

Sie rollte mit den Augen, hustete einmal kurz, sah in die Gesichter der anderen Kinder und erzählte voller Euphorie, wie toll das Erlebnis gerade war.

Sie hätte ihren toten Hund gesehen und einen großen Baum, in dem ein roter Mantel hing. Und ein Mädchen, das in einem Fluss trieb. Die anderen Kinder hörten gespannt zu, und dann warfen sie ihre eigenen Erlebnisse während ihrer Ohnmachtsphasen in den Raum.

Die wildesten Geschichten kamen zutage, und ich fragte mich, ob sie die Wahrheit erzählten oder mich nur auf den Arm nehmen wollten.

Ich sollte es erfahren, denn jetzt war ich an der Reihe. Alle Kinder um mich herum schauten zu mir. Sie wollten mich in der Mitte sehen!

Mir wurde übel, und ja, ich bekam richtig Schiss. Ihren Beteuerungen, dass nichts passieren könnte, zum Trotz, bekam ich Angst, und ich spürte, wie mein Kreislauf anfing zu spinnen. Meine Knie zitterten, und meine Hände fingen an zu schwitzen.

»Alles ok?« wollte der große Junge wissen, ließ mir aber keine Zeit zum Antworten.

»Dann los.«

Er drückte mich an den Schultern in die Knie, und der Rest der Kinder begann schon zu zählen. Ich hatte keine Wahl.

Wie hypnotisiert starrte ich auf das Karomuster der Decke und fing an kontrolliert tief ein- und auszuatmen.

Die Angst blieb, sie zählten acht … neun …

Irgendwie war ich froh, diese Haltung eingenommen zu haben, denn ich hätte vor Angst und zittrigen Beinen ohnehin nicht mehr stehen können.

Neunzehn … zwanzig!

Ich wäre in dem Moment am liebsten aufgesprungen und davongerannt, aber selbst dazu fehlte mir

der Mut. Also stemmte ich mich hoch und ließ es geschehen. Die Luft anzuhalten brauchte ich selbst nicht mehr, alles ging rasend schnell.
Der kräftige, klammernde Griff, der von hinten meinen Brustkorb umschnürte, ließ augenblicklich kein Atmen mehr zu. Ich fühlte mich wie in einen Schraubstock gespannt. Dann wurde es schwarz.

Das Licht, welches mir gleißend grell in die Augen schien, war nicht das Licht am Ende des Tunnels. Es war die Beleuchtung an der Decke des Raumes, in dem ich wieder erwachte. Alleine. Es war niemand mehr da von der Gruppe! Keiner! Sie waren weg. Ich lag alleine im Keller auf dieser karierten, muffigen Wolldecke, hatte unheimlichen Durst und keine Ahnung, was das alles zu bedeuten hatte. Das Licht brannte in meinen Augen, und ich hatte Mühe, mich zu orientieren.
Das war doch davor nicht so grell.
Es dauerte ewig, bis ich mich erheben konnte, denn ich hatte Schmerzen, fühlte mich wie von einem Panzer überrollt. Ich war verwirrt.
Was war passiert, und wo waren die anderen?
Ich rappelte mich auf und wollte den Keller verlassen. Meine Beine waren weich wie Gummi, und ich hatte noch größere Schwierigkeiten mich aufrechtzuhalten als vor der ... vor der ...
Es fiel mir nicht ein. Ich kniff die Augen zusammen und sah Sterne. Nein, es waren eher Blitze. Und so

ein seltsames Kribbeln unter der Kopfhaut. Das Atmen fiel mir schwer, weil mein Mund völlig ausgetrocknet war. Außerdem fror ich ganz fürchterlich, ich schüttelte mich vor Kälte.
Wie lange hatte ich da gelegen?
Ich schleppte mich nach draußen, und mich traf fast der Schlag. Es war dunkel!
Ich konnte es nicht glauben. Warum war es dunkel? Als ich in den Keller gegangen war, um für Mutter den Karton zu verstauen, da war es ... wie spät? Ich versuchte mich zu konzentrieren, aber die Blitze im Kopf schossen erneut ein Feuerwerk ab, und mir wurde übel.
Ich dachte angestrengt nach, wie spät war es gewesen?
Es war ... es war so gegen ... halb drei. Halb drei! Halb drei?
Jetzt fing mein Gehirn an zu rechnen, und eine Stimme schaltete sich in den mathematischen Aufgabenprozess ein, während weiter Blitze durch meinen Kopf schossen und ich vor Durst fast umkam.
Na, wenn es jetzt dunkel ist und wir Mitte November haben und du um halb drei hinunter in den Keller gegangen bist, wie lange hast du dann da unten auf dem kalten Kellerboden gelegen, hä? Nur ganz grob geschätzt?
Ich schleppte mich die Treppen hoch, beide Hände am Geländer und mit stechenden Schmerzen in den Gelenken und im Kopf.

Ich musste nach der ersten Etage eine Pause einlegen, so schwach fühlte ich mich, und die Rechenaufgabe im Kopf schien mir alle Kraft für weiteres Treppensteigen zu rauben. Also setzte ich mich auf die Stufen und versuchte, mich auf nur eine Sache zu konzentrieren. Mitte November. Wann wurde es dunkel? Etwa halb fünf.
Bis hierhin alles richtig. Weiter.
Abzüglich der Zeitspanne zwischen dem Zusammentreffen mit den Straßenkindern und meiner Ohnmacht. Etwa eine halbe Stunde.
Sehr gut.
Also von drei Uhr an bis mindestens fünf Uhr, die Dämmerung abgezogen.
Genauso ist es. Und?
Ich konnte es nicht fassen und starrte ungläubig in den dunklen Hausflur, als sich diese Stimme in meinem Kopf wieder meldete.
Nun sprich es schon aus. Sag, wie lange du mindestens da unten gelegen hast. Ohne Bewusstsein!
Mindestens zwei Stunden … ich hatte mindestens zwei volle Stunden dort unten verbracht. Ohne Bewusstsein! Scheiße.
Jetzt war ich total irritiert, und die Zeitangabe von zwei Stunden warf mich völlig aus der Bahn.
Ich schleppte mich wie ferngesteuert die Treppen hinauf zu unserer Wohnung. Meine Mutter öffnete mir und fragte gleich, ob es mir nicht gut ginge und wo ich so lange gewesen war.

»Ich habe Durst und bin müde.«
Bevor mir Mutter weitere Fragen stellen konnte, stelzte ich wie ein Roboter in mein Zimmer, legte mich ins Bett und schlief ein. Ohne noch etwas zu trinken.
Und im Traum wiederholte sich alles, was ich unten im Keller, während meiner Ohnmacht, gesehen hatte. Oder passierte es nochmal? Ich konnte nicht unterscheiden zwischen Realität und Fantasie ...

... Schlafe ich etwa?
Eine Katze ... eine lachende Stimme ... ein Mädchen ... ich fliege ... die Katze auch ... es ist dunkel, und ich höre Musik. Tango. Was ist Tango? Wir tanzen. Wir? Ja, ich bin nicht alleine. Es ist noch jemand da.
»Ich weiß nicht, wer du bist. Bist du hier, in meinem Kopf?«
Wir fliegen gemeinsam, und es ist klar und schön.
Augen. Eine Katze, schneeweiß. Ein Totenkopf. Eine Stimme flüstert mir ins Ohr: »Keine Angst. Ich bin es nur, der Tod!«
Ich sehe Lichter und Blitze. Funkenregen, der auf die Erde prasselt und wild tanzend auf dem Asphalt verglüht. Tausend Farben. Dreh dich. Schnell.
Das Universum explodiert. Nie gekannte Intensität und mittendrin immer wieder diese eine Stimme, die mir sagt, dass ich nicht alleine bin.
Du träumst!
Ja, wirklich? Dann öffne doch mal deine Augen.

Oma? Bist du das? Ich kann dich nicht sehen. Aber ich spüre dich, nehme deinen Geruch wahr. Ja, ich rieche dich. Sei nicht böse. Ich mochte es dir nie sagen, weil du immer so gut zu mir warst. Aber immer wenn du mich gewickelt oder mich in meiner Karre geschoben hast, konnte ich dich riechen. Du hast immer so merkwürdig gerochen. Aber ich hab dich lieb, Oma. Und danke, dass du da warst. Für mich. Ich war noch so klein, aber ich weiß es jetzt wieder. Fliegst du mit mir? Oma? Oma!
Ich wache schreiend auf und bin nassgeschwitzt. Ich liege in meinem Bett. Es ist halb drei. Halb drei? Was ist hier los? Ich sammele mich. Ach ja. Es ist Nacht. Draußen ist es dunkel.
Jetzt erinnere ich mich. Der Keller. Ich war so müde. Ich stehe auf und gehe durch unseren Flur, um mir aus der Küche etwas zu trinken zu holen. Aber der Flur scheint nicht enden zu wollen. Ich versuche schneller zu gehen, werde aber immer langsamer und habe das Gefühl, im Schlamm zu versinken. Die Beine werden schwer, und ich komme nicht mehr richtig vorwärts. Mit aller Kraft versuche ich, diesen scheinbar nie endenden Korridor entlangzugehen. Und auf einmal werde ich wach!
Geträumt im Traum!
Ich liege immer noch Bett. Ich war gar nicht aufgestanden, ich hatte weitergeträumt. Alles tut weh, als hätte ich eine Grippe. Jeder Muskel schmerzt,

jedes Gelenk. Ich könnte heulen, habe solchen Durst. Wie ein alter Mann quäle ich mich aus meinem Bett und öffne ganz vorsichtig meine Zimmertür. Ich habe Angst, sehe in den Flur, der im meinem Traum nicht endete. Kann ich ihn bewältigen? Schaffe ich es bis zur Küche? Was ist real und was nicht? Bin ich wirklich wach oder träume ich noch? Ich wage den ersten Schritt. Es fühlt sich nach der Wirklichkeit an und langsam weicht die Illusion der Wahrheit. Die kalten Fliesen, Schatten, Stille. Alles echt. Ich höre mich atmen, gehe unsicher, aber ich gehe. Die Küche. Geschafft. Eine gefühlte Ewigkeit. Ein eigenartiger Geruch steigt mir in die Nase. Ich muss an Moos denken, an den Tümpel am Deich. Ja, es riecht moderig. Das ist keine Einbildung. Licht bleibt aus. Ich strecke die Hand zum Kühlschrank, ich zittere, es ist kalt. Ich öffne ihn und nehme mir eine Flasche Mineralwasser. Wieso nehme ich Mineralwasser? Ich mag überhaupt kein Mineralwasser. Ich schließe die Kühlschranktür und ... Hilfe! Ich erschrecke zu Tode. Mein Schrei bleibt stumm. Ein Mädchen. Da steht ein Mädchen. Starr. Blickt mich an. Rührt sich nicht. Ein junges, blasses Mädchen mit schwarzen Augen und dunklen Haaren. Sie steht direkt neben dem Kühlschrank! Hinter der Tür versteckt! Im dünnen Nachthemd!
Wollen wir zusammen fliegen, kleiner Iho?
Die Stimme! Diese irre Stimme. Ist das ihre Stimme? Oder die in meinem Kopf?

Ich gehe einen Schritt zurück, unfähig zu antworten, zu begreifen. Ich schnappe nach Luft. Das Mädchen ist totenblass, neigt ihren Kopf zur Seite und spricht mit leiser, seltsamer Stimme zu mir.
Armer Iho, Böses hast du getan, Böses wird dir widerfahren.
Sie hält mir ihre Hand hin, ich sehe in ihre Augen, sehe unendlichen Schmerz. Ich kann ihn fühlen, spüren. Unvorstellbares Leid. Er tut weh und brennt in der Seele. Sie beginnt zu weinen, und ich rieche das Salz ihrer Tränen. Kann nicht verstehen, was passiert.
Armer Iho. Das Böse selbst hat dich ergriffen, hat dein Geist vergiftet. Schwarzes Blut und schwarze Seele ... dann verschwindet sie. Verblasst in Sekundenschnelle, wie ein Traum.
Das Licht geht an, und mein Vater steht hinter mir.
»Was machst du hier mitten in der Nacht?«
Das Mädchen ist weg. Nichts. Nur grelles Licht. Viel zu hell. Heller als Sonnenlicht. Ich kann meine Augen nicht richtig öffnen, blinzele und halte meine Hand vor die Augen, um mich vor dem gleißenden Licht der Küchenlampe zu schützen.
»Ich hab mir Wasser geholt.«
Ich will Vater die Flasche Mineralwasser zeigen, aber ich habe keine Flasche in der Hand. Vater sieht mich an und ist der Meinung, dass ich wohl noch schlafe. Aber ich bin doch wach. Ich bin hier. Eben habe ich geschlafen, als ich fast steckengeblieben

war im Traumschlamm. Im endlosen Flur. Aber jetzt bin ich doch wach, habe das Mädchen gesehen. Ganz deutlich gesehen. Sie war eben noch hier. Ihre Worte. Ihr Leid. All das war kein Traum! Niemals!
Vater drängt an mir vorbei und öffnet den Kühlschrank. Er erkennt wohl, dass ich nicht zurechtkomme und reicht mir den Orangensaft. Er will den Kühlschrank wieder schließen! Ich kneife die Augen zu, will nicht plötzlich wieder das blasse Gesicht des fremden Mädchens vor mir sehen.
Vater schließt die Tür und fragt, was mit mir los ist. Ich öffne ganz vorsichtig die Augen. Nur einen Spalt. Nichts. Nur die ganz normale Küche. Kein Mädchen. Kein Salzgeruch. Kein undefinierbarer Schmerz. Gut. Ich lasse Vater wissen, dass ich nur durstig und müde bin und setzte den O-Saft an. Endlich trinken. Auf einmal kommt mir ein Spruch in den Sinn, den ich oft von Vater gehört habe. „Durst ist schlimmer als Heimweh". Das sagt er immer, bevor er sich am Tage das erste Bier aufmacht.
Durst ist schlimmer als Heimweh.
Was meint er damit? Hat er manchmal Heimweh? Ist er hier nicht zu Hause? Und ist Durst wirklich schlimmer? Kann man das überhaupt miteinander vergleichen?
Ich bin wahrscheinlich zu müde, zu durcheinander, um das zu verstehen.
Ich setze die Orangensaftflasche erst wieder ab, als ich sie komplett ausgetrunken habe. Das hat gutgetan.

Vater ist schon wieder im Bett. Also gehe ich auch zurück in mein Zimmer. Ich fühle mich etwas besser und muss schlafen. Morgen ist Schule.

Am nächsten Morgen wache ich auf, und es ist alles wie immer. Die seltsamen Ereignisse der letzten Nacht sind fast vergessen. Zwar fühle ich mich nicht richtig gesund, aber auch nicht richtig krank. Also mache ich mich auf in den Tag.
Ich biege um die Ecke, betrete das Schulgelände und entdecke den Rothaarigen aus dem Keller am Eingang, denn er steht auf den Stufen, die hinauf zum Haupteingang führen. Er späht, hält Ausschau. Bis er mich sieht. Er springt mit einem Satz von den oberen Stufen und kommt mit ein paar riesigen Schritten auf mich zu. Plötzlich steht er schon vor mir. Wie hat er das gemacht? Das ging viel zu schnell, er muss geflogen sein. Ich bin völlig irritiert, dass er sich mit solcher Geschwindigkeit bewegt. Er baut sich vor mir auf und lässt mich nicht mehr aus seinem Blick. Ich halte ihn augenblicklich für einen Spinner, noch bevor er seinen von Sommersprossen umrahmten Mund aufmacht.
»Hör zu, Kleiner. Das gestern im Keller ... das hat nie stattgefunden, klar!«
Sein Blick trifft mich, er will mich einschüchtern, mir Angst machen, und obwohl er wesentlich älter, größer und auch stärker ist als ich, habe ich keine Angst. Ganz im Gegenteil. Irgendwas in mir drin

ändert sich schlagartig. Ich kann es nicht erklären, aber er schüchtert mich nicht ein. Nein, er nicht.
Ein Gefühl der Überlegenheit macht sich breit, und meine Sinne laufen auf Hochtouren. Ich bin kein Kind. Ich bin erwachsen und stark und schlau. Viel schlauer als er. Ich spüre, dass die Stimme sich einmischen will, aber ich kann sie zum Schweigen bringen, bevor sie in meinem Kopf auftaucht.
»Das brauchst du nicht zu erwähnen ...«
»Gut, weil...«
»Ich war noch nicht fertig! Das brauchst du nicht extra zu erwähnen, denn eure kleine Scharade da unten im Keller interessiert ohnehin niemanden. Ich werde mich hüten, mit solch einer Geschichte an die Öffentlichkeit zu treten. Seht ihr lieber zu, dass ihr eure Zeit besser nutzt und sie nicht mit solchen zeitraubenden Einfältigkeiten vertrödelt. Nun lass mich durch, ich muss in die Schule.«
Er lässt mich an sich vorbeigehen. Steht da wie angewurzelt. Er kann meine Aussage nicht verarbeiten. Ich auch nicht. Was war das denn eben?
Ich erkenne mich nicht wieder, bin aber froh, dass die Worte so unerwartet selbstsicher aus mir herauskamen, als hätte ich sie einstudiert. Ich bin verwirrt und erfreut zugleich, und als ich den Eingang der Schule passiere, meldet sich die Stimme.
Gut gemacht, Kleiner.
Mehr nicht.

Die ersten beiden Unterrichtsstunden beginnen mit Deutsch.
Ich mag dieses Fach, bin aber unkonzentriert, und die Stimme des Lehrers kommt nur wie durch dichten Nebel, wie durch Watte, bei mir an.
Grammatik steht auf dem Lehrplan. Wir zerlegen den „Erlkönig" in seine Einzelteile und setzen ihn wieder zusammen. Sinn und Unsinn in der deutschen Literatur. Substantiv, Akkusativ, Adjektiv, Formgebrauch, Sprachgebrauch, Nomen.
… Wer reitet durch Nacht und Wind …
Alles dreht sich.
Ich bin im Keller, liege auf dem kalten Boden. Oma sitzt im dunklen Wald und hält eine weiße Katze auf dem Arm. Sie kichert und ist blind. Ihre weißen Augen starren mich an. Ohnmacht. Nahtod. Viel zu lange. Von wegen zehn Sekunden. Tangomusik. Und diese schneeweiße Katze.
Mir wird übel, und ich bitte den Lehrer, mich auf die Toilette zu lassen. Er zeigt mit einer kurzen Geste zur Tür, und ich springe viel zu schnell auf, aber mein Mageninhalt will raus, und ich schaffe es gerade noch aus dem Klassenzimmer.
Mit einem Schwall übergebe ich mich auf den gebohnerten Linoleumboden des Schulflurs. Das Plätschern des Erbrochenen, welches mir aus Mund und Nase tropft, ist meilenweit zu hören. Hoffentlich kommt jetzt niemand. Mit den Händen auf die Beine gestützt, stehe ich vornübergebeugt und warte,

bis es vorbei ist. Bitter brennt der Magensaft im Hals und treibt mir die Tränen in die Augen. Scheiße. Ich schnappe nach Luft. Besser.
Jetzt schnell zu den Waschräumen, ich brauche dringend etwas zum Aufwischen.
Im Waschraum angekommen, sehe ich erstmal in den Spiegel. Das soll ich sein?! Ich bin leichenblass und erkenne mich kaum wieder. Was ist denn los mit mir?
Bleib ruhig. Der Weg zu den Toten war lang und hat Kraft gekostet.
Das ist alles zu viel. Ich drehe den Wasserhahn auf und lasse mir das kalte Nass über das Gesicht laufen. Ich muss mich beeilen. Wir dürfen während des Unterrichtes zwar mal kurz auf die Toilette, müssen aber zügig wieder zurück sein, und ich muss mein Erbrochenes noch wegwischen.
Ich reiße mir so viel Papiertücher aus dem Halter, wie ich in beide Hände bekomme und laufe zurück den Flur entlang. Komme um die Ecke. Sehe es. Werde langsamer. Kann nicht glauben, was ich sehe. Werde noch langsamer. Bleibe stehen.
Hunderte von Katzen tummeln sich auf dem Flur. Totenstille. Kein einziges Maunzen. Kein Geräusch. Nichts! Sie scharen sich um die Pfütze und lecken mein Erbrochenes auf. Sie drängen sich. Jede will etwas davon. Ich träume schon wieder.
Langsam bewege ich mich vorwärts. Sie sind so zahlreich und so dichtgedrängt, dass ich mich nur

langsam und vorsichtig vorwärts bewegen kann. Ich spüre ihre Körper an meinen Beinen. Ihre Pfoten auf meinen Schuhen. Sie tänzeln und schwänzeln um mich herum und sind mir wohlgesonnen. Sie lieben mich und schmiegen sich an mich. Es fühlt sich gut an. Fast bilden sie jetzt eine Gasse und lassen mich ziehen. Dort vorn ist die Tür. Ich muss zurück. Bleibt noch. Wir sehen uns später.

An der Tür zum Klassenraum angekommen, öffne ich sie sehr behutsam, um die Körper der Katzen nicht zu berühren. Ich muss jetzt gehen. Macht nur weiter.

Der Lehrer sieht mich an. Die gesamte Klasse sieht mich an.

»Es geht mir gut.«

Ich setze mich, und alles geht seinen Gang.

Der Erlkönig reitet durch Nacht und Wind ...

Kapitel 7
Wahres Glück

Meiner geschundenen Seele dürstet nach Liebe, meine Schreie bleiben ungehört, mein Schmerz ungemindert.
Warum quält und straft ihr mich so sehr? Seit dem ersten Schlag meines Herzens verzehrt es sich nach Unerreichbarem, nach Zuwendung. Nun aber blutet es und verkümmert wie eine Pflanze unter der sengenden Wüstensonne. Mit Menschlichkeit allein ist es nicht mehr zu heilen, denn Menschlichkeit hat nur geringen Stellenwert in diesen kalten Tagen. Nun suchte ich Trost und fand ihn im Morden, wenngleich auch nur von kurzer Dauer. Grad so lang, bis jene Herzen nicht mehr schlagen.
Mein Leid soll denn nun ihres sein, auf dass sie spüren, welche Qual ich leide.
War mein Anspruch denn zu hoch, als ich nach nichts Geringerem als der Liebe bat?
Aber jetzt bin ich ohne Seele und ihr, ihr werdet den Schmerz spüren, den ich spüre. Ihr alle. Und weinet ja nicht. Nicht um mich und nicht um euer eigen Willen. Dazu ist es längst zu spät.
Iho

Es war wieder soweit. Ich gab mir selbst nach. Meinem Instinkt. Meinem Trieb. Der Stimme in meinem Kopf. Dieser unbändigen Gier. Ich hatte aufgehört, die Beutezüge zu zählen.
Es ging wieder auf die Jagd. Na und.
Warum sollte ich versuchen, dagegen anzugehen? Das bereitete mir nur Kopfschmerzen. Und ich mochte keine Kopfschmerzen mehr haben. Und auch sonst keine anderen Schmerzen. Von den Seelenschmerzen ganz zu schweigen. Viel zu lange hat-

te ich gelitten, und nun ließ ich es eben nicht mehr zu. Ich wehrte mich nicht mehr gegen meine Natur. Ja, richtig. Ich sah es als meine Natur an.
Ob nun die Situation im Keller dafür verantwortlich war oder irgendetwas anderes. Oder nichts von dem. Ich wusste es nicht, und es war mir auch egal. Ich mochte auch nicht weiter Ursachenforschung betreiben, denn das bereitete mir ebenfalls Kopfschmerzen. Ich wollte einfach nur das tun, was mir gefiel, und deswegen stieg ich in den „Neuner", um rauszufahren. Und damit der Busfahrer nicht merkte, dass ich kein festes Ziel hatte, sagte ich beim Zusteigen nur „letzte Station". So konnte man meine Streifzüge nicht so schnell nachvollziehen. Außerdem achtete ich immer darauf, passendes Kleingeld für die Tour zu geben, damit ich möglichst schnell an dem Busfahrer vorbeikam.
Denn anders als in den Großstädten musste man hier bei uns vorne einsteigen und bezahlen, und ich wollte nicht auffallen. Ich war immer auf der Hut! Also ging ich schnell am Fahrer vorbei, nahm im hinteren Teil des Busses Platz und spähte in Ruhe die vorbeiziehende Gegend nach einem günstig gelegenen Jagdrevier aus.
Wenn mir eine Umgebung oder ein Stadtgebiet zusagte, stieg ich aus und ging einfach drauflos. Und suchte. Nach einem geeigneten Beutetier.
Meist trug ich einen Kapuzenpullover. Dunkel. Blau oder schwarz. Tarnung war fast alles. Und einen

Rucksack mit frischer Kleidung. Blutige Kleidung fiel auf.

Und wenn ich genauer darüber nachdachte, kam es mir doch zugute, dass weder Vater noch Mutter sich jemals darum geschert hatten, wo ich mich herumtrieb oder wann ich heimkam. So konnte ich mich am späten Abend oder sogar bis in die Nacht hinein draußen bewegen, suchen und finden, ohne Ärger zu bekommen.

Vater war ja immer wütend gewesen, wenn ich mich seiner Meinung nach wie ein Mädchen verhalten hatte. Aber dazu gehörte spätes nach Hause kommen nun mal eindeutig nicht. Vielmehr schien er das als männliches Verhalten einzustufen, denn es hatte nie Einwände seinerseits gegeben, wenn ich erst spät nachts nach Hause gekommen war.

Er hatte mich dann immer nur gefragt, wie mein Tag gewesen wäre, und auf meine Antwort hin, dass mein Tag erfolgreich war, hatte er meist gelacht und sich dann wieder seinem Bier zugewandt.

Bei dem Gedanken an seine Einfältigkeit musste ich grinsen, und ich fragte mich, wie es ihm im Gefängnis wohl ergehen mochte und wie sein Tagesablauf aussah.

Es ging ihm bestimmt nicht so gut wie mir, denn er war gefangen, und ich konnte mich frei bewegen. Mit diesen Überlegungen stieg ich an einer geeigneten Haltestelle aus und begab mich auf die Suche. Nachts wurde die Beute rar, aber jetzt in den

Abendstunden gab es meist noch etwas zu reißen.
Also Augen auf, die Sinne auf volle Konzentration.
Wie ein Raubtier streifte ich durch die Straßen, vermied Lichtquellen, blieb im Schatten.
Ich musste eine ganze Weile gehen, bevor ich in bewohntes Gebiet kam, denn ich war in einem Gewerbegebiet ausgestiegen. Das machte ich immer so, damit ich nicht gleich in den Blick von Passanten geriet.
Nach etwa zwanzig Minuten hatte ich Glück und sah ein potenzielles Opfer an einer weiteren, recht unbeleuchteten Bushaltestelle stehen …

… Einsam und verlassen steht es da, das junge Ding. Beuteschema passt. Weiblich, etwa vierzig Kilo und jung an Jahren. Aus der Entfernung geschätzt so um die zwölf Jahre. Vielleicht auch jünger. Was hat die Kleine hier zu suchen um diese Zeit? Weiß sie nicht, wie gefährlich es ist, so alleine in der Wildnis, ohne den Schutz eines Muttertieres? Ich muss über diesen Gedankengang grinsen, fast lachen.
Da ich mir sicher bin sie erlegen zu können, habe ich keine Scheu auf sie zuzugehen, wohlwissend, dass sie mein Gesicht sehen wird.
Als ich noch etwa zwanzig Meter von ihr entfernt bin, bemerkt sie mich und dreht den Kopf in meine Richtung. Mir bleiben noch etwa zehn Sekunden, bis ich sie erreicht habe und muss schnell zwischen zwei Optionen wählen. Soll ich sie sofort erlegen

oder noch in ein Gespräch verwickeln und in Sicherheit wiegen? Die zweite Option mag ich lieber, da es das Gefühl von Macht verstärkt, wenn man das Töten hinauszögert. Es ist ein Spiel. Ich weiß was, was du nicht weißt. Ich bin der Jäger und du meine Beute. Du sprichst noch mit mir, bist freundlich und etwas distanziert. Aber ich höre gar nicht richtig zu, weil ich mir schon ausmale, wie du schmeckst ...

... Genau in dem Moment, als ich mich für die zweite Variante entschieden hatte, machte mir ein herannahender Linienbus einen Strich durch die Rechnung. Schnell sprang ich in das Dunkel des Seitenstreifens und ging in sichere Deckung.
Der Bus hielt, die Türen öffneten sich, und bevor das Mädchen zustieg, schaute sie nochmal in meine Richtung. Ich konnte die Verwunderung in ihrem Gesicht lesen, als sie niemanden sah. Ich war mir sicher, dass sie noch eine ganze Weile darüber nachdenken würde, ob sie sich das Gesehene nur eingebildet hatte.
Dass sie nur knapp dem Tod entgangen war, würde sie niemals erfahren.
Als der Bus auf meiner Höhe war, sah sie suchend aus dem Fenster. Ich drückte mein Gesicht ins Gras, sodass man mich nicht entdecken konnte. Das Geräusch des schweren Dieselmotors entfernte sich, und ich kam aus meiner Deckung und ging meiner Wege.
Schade. Sie war so süß anzuschauen.

Also suchte ich weiter. Ich bewegte mich weiter in Richtung der Wohnsiedlung, die im Dunkeln vor mir auftauchte. Ab und an kam mir ein Fahrzeug entgegen, und ich zog die Schultern hoch und den Kopf ein. Nicht gesehen oder erkannt werden.
Ich schaute zum Himmel. Bestes Wetter. Bewölkt mit leichter Tendenz zu Regen. Regen half Spuren zu beseitigen. Nach einigen hundert Metern, ein paar Straßen weiter, entdeckte ich ein neues Opfer. Ein älteres Mädchen. Vielleicht schon eine Frau, aber da es immer später wurde, durfte ich nicht mehr wählerisch sein, wollte ich heute noch Jagderfolg verbuchen.
Sie war zu Fuß unterwegs und ging etwa dreißig Meter vor mir in meine Richtung...

... Ich ändere meine Gangart auf schleichen, bleibe auf Abstand und suche nach einer geeigneten Stelle, um zuzuschlagen. Das birgt allerdings ein gewisses Risiko. Ich habe zwar den Vorteil des Überraschungsangriffs, aber sie sind in dieser Altersphase kräftig und wehren sich stärker als jüngere Tiere.
Ich hebe meinen Kopf, bringe meine Nase in den Wind, um die Witterung aufzunehmen. Hierfür ist das Wetter gänzlich ungeeignet. Aber es geht auch ohne. Meine Augen sehen hervorragend. Ich bin noch jung, und meine Sehkraft ist ungetrübt und unverbraucht. Die Beute biegt in eine Nebenstraße ein, und ich spüre, wie der Jagdtrieb in mir auf-

steigt. Wild und unbändig. Zornig. Dunkle Mächte beginnen ihr Unwesen zu treiben. Die Dämonen rütteln an der Kellertür, wollen heraus. Ich lasse sie. Adrenalin pumpt, wütet in meiner Blutbahn, lässt mein Herz rasen. Wie ein aufziehender Sturm, mit gewaltigen Wolken, die sich zu Monstern auftürmen. Erst wird nur ein leichter Wind vorausgeschickt, bald so, als wollte diese animalische Macht meinen mentalen Zustand auspähen, fühlen, ergründen, ob ich ein leichtes Opfer für das Teufelswerk sei. Ich bekomme dieses Kribbeln unter der Kopfhaut und habe die Gewissheit, erfolgreich zu sein. Ich lasse sie nun nicht mehr aus den Augen. Aus dem Wind wird nun Sturm. Schon ist ein Donnergrollen in meinem Kopf zu vernehmen. Gewitterwolken vermengen sich zu einer Mischung aus Gier und wildem Wahn, und der Sturm wird zum Orkan, peitscht durch mein Hirn und lässt die Synapsen wie Ähren eines Roggenfeldes tanzen, bis sie aus den Wurzeln reißen. Blitze zucken und bringen Abertausende von Volt in meine zitternde Gehirnmasse und lassen kaum mehr klare Gedanken zu. Da vorne wäre eine Gelegenheit. Vielleicht.
Ganz sicher.
Der Sturm hat die volle Kraft erreicht und entfacht ein Feuerwerk in meinem Kopf, während ich unbemerkt immer näher komme. Hagel und Konfetti. Tango! Die Straßenbeleuchtung endet. Kein Licht mehr. Mein Glück, ihr Pech. Mein Gang wird schnel-

ler. Ich bleibe leise, glaube zu wissen, wie sich ein Drogenrausch anfühlt, ohne es je probiert zu haben. Höchste Ekstase. Fünf Meter. Die Stimme ist wieder da.
Ja, natürlich schaffe ich das. Ganz ruhig. Bin gleich bei ihr. Überraschungseffekt. Bereit zum Sprung.
Sie bemerkt mich auf dem letzten Stück. Dreht sich zu mir um. Dreht sich wieder weg. Will schneller werden, aber ich bin schon zu dicht an ihr dran. Sprung!
Die Wucht reißt sie zu Boden. Es ist nur ein ganz kurzer Schrei zu hören, aber ich bin sicher, niemand hat es bemerkt.
Sie wehrt sich heftig, will in meine Hand beißen, aber ich habe Lederhandschuhe an, und so ist ihr Biss ungefährlich. Ein Schal stört, sie strampelt, und ihre Gegenwehr, die sich in Todesangst noch verstärkt, ist enorm. Schwarze Augen, schwarze Seele, bunte Farben, ihre Kehle.
Du bist stark!
Ich liege auf ihr, und jetzt kommt ihr zarter Hals zum Vorschein. Ich schlage augenblicklich meine Fangzähne in ihr warmes, weiches Fleisch. Das Blut spritzt in meinen Mund. Noch hält der Widerstand an, aber auch wenn sie noch so heftig zappelt, gibt es kein Entkommen. Ich genieße es, lasse das warme Rot aus ihr rinnen und lege meine Lippen auf die ihren. Ihr heftiges Schnauben kitzelt in meinem Gesicht. Ich presse meinen Mund noch fester auf ihre

Lippen und beiße in ihre weiche Zunge, die wild flackernd Hilfe sucht, kreisend, wie bei einem Kuss und die ich mit meinen Zähnen zu packen kriege. Ich beiße mich fest, sehe ihr in die Augen, in denen das Leben langsam dem Tod weicht und lasse nicht mehr los. Ich schmecke ihr süßliches Blut, an dem sie langsam erstickt. Ein letzter Atemzug, ein sanftes Stöhnen, dann steht der Tod als Sieger fest. Mich trifft keine Schuld bei dieser Tragödie. Dunkle Mächte ergreifen mich, peitschen mich im Geiste an, während meine Erregung über die gerissene Beute schnell seinen Höhepunkt findet und ich mich freispreche von jeglicher Sünde.

Ein herannahendes Auto stört die eingekehrte Stille. Ich habe Mühe, das leblose Stück Fleisch ins Dunkel einer Garageneinfahrt zu ziehen. Sie ist schwerer als ich dachte, und ich gerate an meine Grenzen. Mit aller Kraft zerre ich sie ins Versteck, während das Auto vorbeifährt, ohne mich zu bemerken.

Das ging gerade nochmal gut.

Ich lasse mich neben ihr auf den Boden sinken und ruhe mich kurz aus. Zuviel Kraft verloren. Meine Hände zittern, und mein Herz rast so sehr, dass es sich fast überschlägt. Ich sehe zu ihr, ihre Augen sind offen. Armes, kleines Ding.

Mit der linken Hand schließe ich sie für immer.

Was mache ich jetzt mit ihr? Hier kann ich sie unmöglich liegenlassen.

Ich werde nervös, und mir wird klar, dass ich mich

in keiner guten Lage befinde. Jeden Moment könnte ein Auto um die Ecke biegen und auf diese Einfahrt zusteuern. Ich muss sie schnellstens von hier wegbringen, aber wohin? Ich sehe mich um. Das Haus hinter mir ist zwar unbeleuchtet, aber nach hinten über das Grundstück gehen? Negativ. Nach vorne über die Straße? Ebenfalls nicht zu realisieren.
Die Stimme in meinem Kopf meldet sich. Ich bin mir bewusst, dass ich sehr fahrlässig und unüberlegt gehandelt habe, aber für Diskussionen ist jetzt keine Zeit. Ich brauche eine Lösung.
Du bekommst sie hier nicht weg, also schaffe Verwirrung. Möglichst schnell. Lenk den Verdacht auf alles und jeden. Verwische deine Spuren. Und zwar schnell!
Ich verstehe. Ich nehme ihren Schal und ihre Halskette. Eine Goldkette mit einem Anhänger. Ein kleiner Engel. Ironie. Mit diesen Dingen schleiche ich um das Wohnhaus, suche ein offenes Fenster, irgendeine Möglichkeit um hineinzugelangen. Nichts. Alles verschlossen. Weitersuchen und beeilen. Die Zeit drängt. Da, ein angelehntes Kellerfenster!
Schnell steige ich in den Lichtschacht, stoße mit dem Knie das metallbeschlagene Fenster auf und werfe die Kette so weit wie möglich ins Innere des Hauses. Ich kann hören, wie sie auf dem Betonfußboden landet. So schnell es geht, ziehe ich das Fenster wieder zu und steige aus dem Lichtschacht heraus. Im Garten entdecke ich einen kleinen Geräte-

schuppen. Eine Art Miniaturholzhaus. Die Tür ist nicht verschlossen. Dort drinnen verstaue ich den Schal unter irgendwelchem Gerümpel.
Anschließend gehe ich so schnell wie möglich wieder nach vorne zur Einfahrt. Ich ziehe meine linke Socke aus und nehme damit das Blut auf, welches in Mengen aus ihrer Halswunde läuft. Dann verteile ich ihr Blut im Hauseingang an der Türklinke, an der Klingel und auf der Treppe. Anschließend schleife ich meine geschlagene Beute bis kurz vor die Garage und rolle sie unter eine Tannenreihe, die das Grundstück säumt. Geschafft. Lauschen. Niemand hat etwas bemerkt. Die Stimme im Kopf ist auch nicht zu hören. Also alles richtig gemacht …

… Entkräftet verließ ich den Ort des Geschehens. Zu Fuß. Unterwegs entsorgte ich ein Kleidungsstück nach dem anderen an den unterschiedlichsten Stellen. In Mülltonnen, Altglascontainern und im Kanal. Ich nahm die Ersatzkleidung aus meinem Rucksack und wurde so Stück für Stück ein anderer.
Ich war müde, als ich gegen halb drei zu Hause ankam. Es war eine anstrengende Nacht,
aber es hatte sich gelohnt. Ich begab mich kurz ins Bad, schaltete das Licht an und sah in den Spiegel, als ich plötzlich und nur für den Bruchteil einer Sekunde, etwas hinter mir bemerkte. Ein blasses Gesicht. Nicht meins. Ich schnellte herum. Nichts. Ein Mädchen? Eine Täuschung? Nichts. Ich drehte mich

zum Spiegel zurück, schloss die Augen, öffnete sie wieder und schaute erneut in den Spiegel. Nichts. War da ein Gesicht gewesen, eine Gestalt? Aber auch nachdem ich ein, zwei Minuten regungslos im Bad vor dem Spiegel gestanden hatte, tat sich nichts. Ich war erschöpft. Die Jagd hatte Kraft gekostet, und ich fühlte mich wie erschlagen.
Mutter schlief tief und fest, als ich mich in ihr Schlafzimmer schlich, mich zu ihr ans Bett setzte und ihr sanft über das Haar strich. Minutenlang saß ich nur still neben ihr und lauschte. Lauschte in die Dunkelheit. Lauschte, wie sie ruhig und gleichmäßig atmete. Gedanken hatte ich keine. Alles wirkte so friedlich. Mutters Geruch, der mir in die Nase stieg, erfüllte mich wieder mit einer innerlichen Ruhe und Zufriedenheit, die nur schwer zu beschreiben war.
Ich zog mich aus und legte mich zu ihr. Ich war ihr Mann. So ganz dicht an ihrer Seite, verspürte ich unbeschreiblich intensive, schöne Gefühle. Ich hatte eine angenehme Leere im Kopf, keine störenden Gedanken, keine Sorgen, keine Ängste. Da wusste ich, wie ich es beschreiben konnte. Ich war glücklich.

Kapitel 8
Mutter

Mutter liebt mich. Mehr als andere Mütter ihre Söhne.
Ihre Liebe ist grenzenlos.
Sie hat mir nie die Fußnägel geschnitten, wie andere Mütter das machen.
Sie hat meine kleinen, zarten Babyfüßchen in ihre warme Mundhöhle gesteckt und einen Nagel nach dem anderen behutsam mit den Zähnen abgebissen.
So war das.
Das hat unsere Bindung noch verstärkt, und dafür liebe ich sie.
Mehr als mich selbst.
Und sie liebt mich! Auf ewig.

Als ich am Morgen wach wurde, war Mutter nicht da. Sie hatte mir eine Nachricht auf dem Küchentisch hinterlegt.
Ich bin heute länger weg. Mach kein Blödsinn. Essen ist im Kühlschrank. Mama.
Essen war also im Kühlschrank. Ich ging hin und sah nach. Wo denn?
Alles wie immer. Ein bisschen Wurst und Käse. Ein paar Joghurts. Milch. Wasser. Saft.
Halt. Da. Eine Schale.
Ich nahm sie vorsichtig heraus und öffnete sie. Es war Sahnehering.
Ich mochte diese Art von Hering immer gerne. Natürlich mit gekochten Kartoffeln und zur normalen

Mittagszeit. Aber jetzt war mir auch danach, obwohl es erst halb sieben war.

Ich holte mir eine Gabel und setzte mich. Die Schule konnte warten. Ich hatte Heißhunger auf Sahnehering. Ich angelte mit der Gabel den ersten von fünf Heringen, legte meinen Kopf in den Nacken und jonglierte den Fisch der Länge nach in meinen weit aufgerissenen Mund. *Wie ein hungriger Spatz,* kam mir in den Sinn, und wäre der sahnige Hering nicht schon bis zu den Mandeln in meinem Hals gewesen, hätte ich laut losgelacht. Einen Hering nach dem anderen ließ ich tief hinab in meinen offenen Schlund. Ich kaute nicht, ich würgte sie im Ganzen hinunter. Ich hatte einfach das Verlangen danach, und ich genoss es. Anschließend machte ich mich ganz in Ruhe für die Schule fertig. Essen brauchte ich heute wohl nicht mehr.

Auf dem Weg zur Schule begegnete mir dann zum ersten Mal eines der Mädchen aus der Gruppe Kinder wieder, die damals bei der Sache im Keller dabei gewesen waren. Sie musste auf Besuch im Viertel sein, denn ich wusste, dass diese Kinder mittlerweile alle weggezogen waren.

Ich entschloss mich, das Mädchen anzusprechen.

Sie wirkte sofort verunsichert, als ich sie bat, mir zu sagen, was damals passiert war.

Ich ließ sie wissen, dass ich ihr Handeln verstand und nicht böse war oder so etwas.

Nach kurzem Zögern begann sie leise zu erzählen.
»Als du nach etwa einer Minute immer noch bewusstlos warst, sind die ersten nervös geworden. Irgendjemand meinte dann aus Spaß: Na, der wird was zu erzählen haben, wenn er wieder hier ist.
Aber du bist nicht wieder zu dir gekommen, und die Zeit ... es waren schon fünf, zehn Minuten vergangen. Du hast immer noch regungslos auf dem Boden gelegen. Und dann haben wir alle Angst bekommen und Panik hat sich breitgemacht.
Wir haben ja nicht gewusst, was los ist. Jojo hat sich über dich gebeugt und gehorcht, ob du noch atmest.«
Sie ließ mich wissen, das Jojo der große Rothaarige war.
»Alle waren panisch, haben durcheinandergeredet und überlegt, was man machen könnte. Sollten wir Hilfe holen, einen Krankenwagen rufen?
Zwei von den Jungs sind dann weggerannt. Sie sind einfach abgehauen!
Ich habe solche Angst bekommen und angefangen zu schreien, dass jemand etwas tun soll! Aber die anderen haben da nur ratlos rumgestanden, und dann hat Jojo gesagt: *Lasst uns verschwinden, der kommt schon wieder zu sich*.
Es war schrecklich. Ich hatte solche Angst, aber ich wollte auch nicht alleine da unten bleiben.
Seit dieser Sache habe ich Alpträume und bin nervös und ängstlich. Ich kann mich in der Schule nicht

richtig konzentrieren und habe zu Hause große Schwierigkeiten wegen der schlechten Zeugnisse. Ich möchte einfach, dass es aufhört.«
Das arme Ding zitterte, war völlig aufgelöst. Mein Versuch, sie zu beruhigen, gelang nicht. Trotzdem ließ ich sie noch wissen, dass alles in Ordnung wäre und sie sich keine Sorgen machen müsste.
Dann trennten sich unsere Wege, und ich ging in Richtung Schule weiter.
Sie konnte nichts dafür. Es war halt passiert, und man konnte es nicht mehr ändern.
Du hast ihre Nervosität und ihre Angst gerochen, stimmt's!?

Als der Unterricht begann, waren meine Gedanken noch immer bei dem Mädchen, und ich fragte mich, wer von uns beiden schlechter dran war.
Denn auch wenn irgendetwas bei der damaligen Ohnmacht mit mir passiert war, *ich* fühlte mich ja nicht schlecht. Sie schon.
Dann betrat der Lehrer den Klassenraum, und es wurde ruhiger. Wir hatten Religionsunterricht, und da mich dieses Fach nicht besonders interessierte, blieb ich bei meinen eigenen Gedanken und jenem verhängnisvollen Tag. Damals, unten im Keller.
Seit diesem Tag fühlte ich mich stärker denn je, und auch meine Sinne funktionierten seitdem viel besser. Und das nicht nur, wenn dieses Kribbeln unter der Kopfhaut begann. Auch sonst. Eigentlich immer.

Ich konnte viel besser riechen, hören, sehen, und ich spürte, wenn Personen, die sich in meiner Nähe aufhielten, Angst hatten. Meine Sinne waren scharf wie die eines Tieres. Eines Leoparden.
Ich bekam nicht mit, dass der Lehrer mich angesprochen hatte, so vertieft war ich in meine Gedanken.
Erst als er lauter wurde und sich direkt vor mein Pult stellte, bemerkte ich ihn.
Ich entschuldigte mich für meine Unaufmerksamkeit und fragte ihn höflich, was er von mir hatte wissen wollen. Die gesamte Klasse schaute zu mir.
In letzter Zeit passierte mir das öfter, aber ich blieb ganz ruhig und wartete seine erneute Fragestellung ab.
Und während er von mir wissen wollte, wie es zur Kreuzigung von Jesus hatte kommen können, roch und spürte ich seine innere Angespanntheit.
Sein Blut.
Er war gereizt, und ich fragte mich, ob ich der Grund dafür war oder ob ihm heute Morgen etwas anderes widerfahren war, welches seinen jetzigen Gemütszustand begründete. Vielleicht hatte er sich am Frühstückstisch mit Kaffee bekleckert oder seine Frau hatte ihn gebeten, nach der Schule noch etwas für sie zu erledigen, und er hatte überhaupt keine Lust dazu … diese Gedanken belustigten mich, und ich musste grinsen.
Da er mein Grinsen bemerkt hatte, wurde er unge-

halten und forderte mit Nachdruck eine Antwort auf seine Frage. Wie war die Frage noch gleich? Ach ja …

»Judas hatte Jesus verraten, und daraufhin musste Pilatus auf Drängen der jüdischen Religionsführer Jesus zum Tode am Kreuz verurteilen. Pilatus konnte dieser Forderung nichts entgegensetzen, und somit wurde Jesus Christus durch die Oberen der Juden zu Tode gebracht.«

Ich konnte spüren, was jetzt in meinem Lehrer vorging.

Ich hörte, wie das Blut durch seine Adern schoss und wie es anfing in ihm zu brodeln. Denn der Name meines Lehrers war *Goldbaum,* und somit war er jüdischer Abstammung, und es gefiel ihm ganz und gar nicht, was ich ihm auf seine Frage geantwortet hatte.

Er lief hochrot an und begann zu schreien.

Brüllend ließ er mich wissen, dass das infame Lügen wären. Eine Verdrehung der zeitgeschichtlichen Abläufe und … und … und …

Ich genoss seinen Wutausbruch, während alle anderen in der Klasse die Köpfe einzogen und nicht fassen konnten, dass ich so ruhig und gelassen vor ihm saß.

Sein Speichel spritzte mir in kleinen Tropfen ins Gesicht, aber ich blieb ganz entspannt vor ihm stehen.

Und setzte erneut zu weiteren Ausführungen an, ohne ihn in seiner Rage zu beachten.

»In den Passionsgeschichten der ältesten Evangelien wurde Jesus von den jüdischen Oberen der Gotteslästerung angeklagt. Nach römischem Recht galt dieses als Aufruhr und wurde mit der Todesstrafe durch Kreuzigung geahndet.
Pilatus bot den Juden anlässlich des Passahfestes die Freilassung eines Gefangenen ihrer Wahl an, aber das jüdische Volk entschied sich nicht für den unschuldigen Jesus, sondern für den Verbrecher Barabbas.«
Jetzt verlor mein Lehrer völlig die Fassung, packte mich am Arm, zerrte mich vor die Tür und verwies mich für heute der Schule. Als ich ihn fragte, ob ich meine Sachen noch holen dürfte, explodierte er fast, und seine Stimme gellte so grell durch den Flur, dass es in den Ohren schmerzte.
Ich verließ die Schule, und jetzt erst wurde mir bewusst, was ich eben gesagt und wie ich mich verhalten hatte. Denn im Grunde genommen, besaß ich überhaupt keine Religionskenntnisse dieser Art und war über meine eigenen Äußerungen sehr überrascht.
Dem hast du es aber gezeigt. Ich bin stolz auf dich, Kleiner. Entschuldige, „Kleiner" nehme ich zurück. „Großer" trifft es besser. Saubere Sache. Wirklich. Den hast du ja mal richtig aus der Reserve gelockt. Ich kann ihn sowieso nicht leiden. Mit seiner albernen Fliege um den Hals und seiner dämlichen Brille.
Die lobenden Worte der Stimme beflügelten mich

und ließen mich wachsen. Ich stolzierte erhobenen Hauptes nach Hause.

Mutter war noch nicht zurück. Auf sie zu warten, hatte wenig Sinn. Wer wusste, wo sie war und wann sie heimkam.

Für einen kurzen Moment sah ich sie in meiner Einbildung in den Armen eines fremden Mannes. Eines Liebhabers. Sie trafen sich heimlich, ich sollte es nicht wissen.

Eifersucht kroch in mir hoch, wie schleimige Schnecken an einer Hauswand, und ich schüttelte mich vor Ekel.

Schnell verdrängte ich diese madigen Überlegungen und schrie laut: *Sie gehört mir!* durch die Wohnung.

Danach ging es mir besser, und ich entschloss mich, die Wohnung wieder zu verlassen. Einfach so. Ohne ein bestimmtes Ziel, ohne Jagdtrieb.

Im Treppenhaus, auf dem Weg nach unten, meldete sich die Stimme in meinem Kopf.

Versuchst du jetzt ein normaler Junge zu sein? Willst du raus, spielen?

Höhnisches Gelächter schallte durch meinen Kopf und wollte gar nicht mehr aufhören, sodass ich mitlachen musste.

Ich fing so laut an zu lachen, dass irgendwo im Flur eine Tür aufging und eine Stimme ins Treppenhaus brüllte: *Ruhe, verdammt noch mal! Was ist das hier für ein Irrenhaus?!*

Unbeirrt setzte ich meinen Weg nach draußen fort, und als ich ins Freie trat, war ich immer noch am Lachen.

Ich ließ die kühle, frische Luft des Dezembertags in meine Lungen strömen, und dieses kam sofort einem Jungbrunnen gleich.

Ich fühlte mich so kraftvoll, so gesund, dass ich auf die Grünfläche vor unserem Wohnblock trat, die Arme ausbreitete und anfing, mich im Kreis zu drehen.

Ich legte den Kopf in den Nacken und genoss das selbstgemachte Karussell. Drehte mich immer schneller, bis mir schwindelig wurde und ich mich auf den feuchten Rasen gleiten lassen musste.

So lag ich da. Minutenlang. Schaute zum Himmel. Zwischen meinen Schläfen entfachte sich ein Feuerwerk. Wie aus dem Nichts. Donner und Trompeten …

… Es ist da, inmitten meiner grauen Zellen und reißt die Synapsen in einen Technotango. Karneval im Großhirn. Dauerfeuer.

Passanten sehen mich an, machen abfällige Bemerkungen, lassen sich im Vorbeigehen über meinen Geisteszustand aus, lächeln bemitleidend.

Mir ist das sowas von gleichgültig.

Provokant laut antworte ich der Stimme in meinem Kopf und winke im Liegen einer älteren Dame zu, die mir einen Vogel zeigt und kopfschüttelnd ihrer

Wege geht. Ich begleite ihren Weg mit einem Geheul, das jeden Wolf vor Neid erblassen lassen würde.

So gefällst du mir schon viel besser. Du willst doch kein normaler Junge sein. Sie verprügeln dich nur wieder und machen dich runter. Die Älteren. Das hast du nicht mehr nötig. Du bist ein Mann. Ein Tier. Etwas ganz Besonderes.

Feiere den Tag, der dich so hat werden lassen!

»Recht hast du! Mein Gott, fühle ich mich großartig! Jaa! Welt, leck mich am Arsch. Ich bin, was ich bin!«

Mir ist nicht bewusst, wie laut ich diese Sätze zwischen die Wohnblocks in den Himmel schreie.

Ich fliege, bin total im Rausch, und mir ist alles egal! Ich bin hier. Jetzt. Heute. Bin wie ich bin und was ich bin.

Mein Leben wird nicht das längste sein, dessen bin ich mir bewusst.

Also genieße ich. Diesen Augenblick.

Genieße die Freiheit, tun und lassen zu können, was ich möchte. Genieße, dass Vater nicht mehr hier ist und ich seinen Platz übernommen habe. Genieße die Macht, die ich habe. Die von mir ausgeht. Genieße mit jeder Faser meines Daseins, dass ich keine Angst mehr haben muss. Vor nichts und niemandem.

Vor *mir* muss man Angst haben!

Ich entschließe mich, diesen drogenähnlichen Rausch, der sich so plötzlich und unerwartet in

meinem Kopf breitgemacht hat, zu forcieren, indem ich Alkohol dazugebe.
Ich gehe tanzend und lachend bis an die Ecke zum Kiosk. Stehe der Stimme, die sich immer wieder meldet, Rede und Antwort. Wir verstehen uns.
Am Kiosk angekommen, ignoriere ich den Pulk der angetrunkenen Penner, die hier scheinbar wohnen und ständig voll sind.
Ihr Zustand hat für mich einen Vorteil. Sie ignorieren mich ebenfalls und sind in ein Streitgespräch vertieft, welches ich nicht einordnen kann, da keiner von ihnen deutlich genug spricht.
Ich dränge mich an den Irren vorbei, sage grinsend *Guten Tag* und kaufe mir drei Dosen Bier und vier kleine Kräuterschnäpse. Nachdem ich bezahlt habe und die Schnäpse und das Bier in meinen Taschen verstaut sind, ziehe ich weiter. Immer noch ziellos, reiße ich mir nach wenigen Metern die erste Dose auf und setze das aufschäumende Bier an meinen Mund. Es läuft mir über die Hand und in die Nase, aber das interessiert mich wenig. Im Gehen mache ich die halbe Dose leer, und nach kurzer Zeit macht sich die Wirkung des Alkohols bemerkbar. Mir wird warm, und das Karussell zwischen meinen Stirnlappen bekommt neuen Schwung. Tunnelblick.
Dann variiere ich und greife einen Kräuterschnaps aus meiner Jackentasche. Der kleine Deckel löst sich beim Abdrehen knirschend vom Glasgewinde. Ich schnippe ihn durch die Luft und klemme mir die

eckige Flasche zwischen die Lippen. Kopf in den Nacken. Und rein damit. Bittersüßes Zeug.
Ich spucke die Flasche aus dem Mund und verpasse ihr einen Tritt, wie einem Fußball. Im hohen Bogen fliegt sie durch die Luft und zerschellt auf dem Asphalt. Ich gehe auf die Straße.
Den zweiten Schnaps kippe ich gleich hinterher. Die Lage wird immer besser. Freudentaumel, Glücksgefühl.
Tango, Tango!
Am Park unterhalb unserer Siedlung finde ich eine geeignete Stelle zum Verweilen.
Hier mache ich halt, öffne eine weitere Dose Bier und anschließend auch noch eine Eckige. So lässt es sich aushalten. Ein heißes Bad aus Alkohol und Wahnsinn!
Als sich der Tag dem Ende neigt und ich mich mit ihm, setzt der Alkohol seinen Siegeszug im Kampf um Realität und Fantasie fort und gewinnt immer mehr an Boden. Großoffensive. Zum Glück hält die Stimme in meinem Kopf die Schnauze, ich kann ohnehin nicht mehr zuhören.
Die Penner vom Kiosk kommen mir wieder in meine benebelten Sinne, und ich habe einen Aha-Moment, als ich erkenne, dass Alkoholkonsum und undeutliche Aussprache Hand in Hand gehen. So, so. Ist mir neu.
Ich bin voll. Das erste Mal in meinen Leben. Morgen werde ich fünfzehn.

Dagegen war der Wein mit Mutter ein Witz. Mutter! Ob sie mittlerweile wieder zu Hause ist? Erneut flammt der Gedanke an einen Liebhaber auf, und meine Partylaune schlägt augenblicklich in rasende Wut um. Es ist eine gefährliche Mischung, die sich da jetzt in meinen Adern vermengt, denn jetzt wird das Tier in mir geweckt. Ich beginne heftig mit den Zähnen zu knirschen und spüre unbändige Kraft in mir.

Dieser Rausch, der sich da jetzt auftut, ist auch nicht schlecht. Er ist nur für meine Umgebung gefährlich, denn mit dieser Menge Alkohol, Adrenalin, Wut und Wahnsinn in mir bin ich eine potenzielle Gefahr für jeden.

Ich sehe mich um, mein innerer Kompass verweigert mir allerdings den Dienst, und ich brauche eine Weile, bis ich die Richtung finde, die mich nach Hause führt. Ständig muss ich dem Torkeln entgegenwirken, indem ich mein Gewicht verlagere. Der Alkohol hat jetzt große Teile von mir erobert. Siegeszug. Das kann dauern, bis ich zu Hause ankomme. Aber der Gedanke an Mutter und einen eventuellen Nebenbuhler gibt mir den nötigen Antrieb, um durch die Dunkelheit vorwärts zu kommen. Zwei Frauen kommen mir entgegen. Sie bemerken meinen Zustand sehr schnell, da ich den kompletten Weg für mich beanspruche. Ich kann nichts dagegen machen. Links, rechts, links. Als sie auf meiner Höhe sind, möchte eine der Frauen offensichtlich zu einer

maßregelnden Rede ansetzen, denn sie beginnt mit den Worten »Sag mal, junger …«
Den Ansatz habe ich trotz meines Rausches mitbekommen, und ich gehe sofort zum Gegenangriff über. Ich spanne meinen Körper an, baue mich vor ihr auf und beginne zu fauchen, wie ein angeschossener Löwe. Ich bin selbst überrascht, welch ein ohrenbetäubendes Gebrüll meiner Kehle entweicht. Ich könnte ihr ins Gesicht beißen, so nah bin ich an sie herangeprescht. Völlig panisch und verängstigt zucken die beiden Angreiferinnen zusammen und flüchten in die Nacht. Ich fauche, brülle, schnaufe, und als sie außer Sicht sind, schreie ich ihnen die Worte »Ihr wisst gar nicht, wieviel Glück ihr gehabt habt, ihr Scheißweiber!« hinterher. Ich höre, wie sie wegrennen.
Dieser Zwischenfall hat einen Großteil der alkoholischen Wirkung aufgehoben. Adrenalin übernimmt jetzt die Führung in meinen Gehirnwindungen. Jetzt bin ich voll da. Allmacht überkommt mich wieder, und ich bade auf dem Rest des Heimwegs in animalischem Größenwahn. Dessen bin ich mir bewusst und gebe mich dem auch hin. Trotzig wie ein kleines Kind rechtfertige ich jegliches Handeln meinerseits. Inklusive der Morde. Na, und?!
Als ich zu Hause vor der Tür stehe, steigt meine innere Anspannung noch. Ich versuche mich so normal wie es nur geht zu verhalten, hole tief Luft, sehe noch einmal an mir herunter, überprüfe, ob ich

unangenehm oder nach Alkohol rieche. Alles gut. Also hinein.

Ich habe die Haustür noch nicht hinter mir geschlossen, da höre ich schon Mutters Weinen. Es kommt aus dem Wohnzimmer.

Die Wut auf einen potenziellen Geliebten verschwindet, und sofort macht sich Mitleid breit. Wenn es eines gibt, was ich überhaupt nicht mag, dann ist es Mutter weinen zu sehen. Ich gehe ins Wohnzimmer und sehe sie auf dem Sofa sitzen. Ein Häufchen Elend.

Sie bemerkt mich und schaut durch verheulte Augen zu mir auf. Auf dem Tisch steht eine Flasche Wein. Fast leer.

Auf meine Frage, was denn los ist, antwortet Mutter mir, dass heute Vaters Gerichtsverhandlung gewesen ist und man ihn zu fünfeinhalb Jahren Gefängnis wegen räuberischer Erpressung verurteilt hat. Sie erzählt, dass Vaters unkooperative und aufbrausende Art kein milderes Urteil zugelassen hat und darum der Richter dem Antrag des Staatsanwaltes gefolgt ist.

Erneut bricht Mutter in Tränen aus, und ich setze mich zu ihr, um sie zu trösten.

Sie lehnt ihren Kopf an meine Schulter, und ich rieche ihr Haar. Es betäubt meine Sinne, noch mehr als der Alkohol zuvor, und mir wird heiß und kalt zugleich.

Und ich dachte schon, es wäre etwas Schlimmes passiert. Bis auf die Tatsache, dass sie traurig ist, ist doch eigentlich alles ok?!
Ein Grinsen macht sich in meinem Gesicht breit. Ich bin darauf bedacht, dass Mutter es nicht sieht.
Wie Recht du doch hast, Stimme.
Alles passt jetzt zusammen. Mein Zustand, Mutters Zustand. Die Situation an sich.
Ich werde dich trösten, Mutter, und dann werde ich dich lieben. Weine nicht um Vater. Vergiss ihn. Ich bin dein Mann, und du weißt es. Du hast nicht geschlafen, als ich bei dir im Bett war, sicher nicht.
Sie hat noch immer ihren Kopf an meiner Schulter. Das Gesicht unter ihren Haaren vergraben, weint sie leise an meiner Brust. Ich streiche ihr sanft über das Haar und spüre meine Erregung. Langsam taste ich mich mit einer Hand zu ihrem Kinn, um ihren Kopf in Position zu bringen, denn es ist Zeit. Ich möchte sie küssen, und die andere Hand wandert langsam aber unaufhaltsam zu ihrem Busen. Das Kribbeln beginnt, aber es nimmt sofort meinen gesamten Körper ein. Schwerpunkt Schädel und Lendengegend. Ich drehe Mutters Gesicht in die richtige Richtung, und jetzt erkennt sie mein Handeln. Sie sieht mich an, Tränen rinnen über ihre Wangen, und ich küsse sie sanft weg. Sie lässt es zu, also tasten sich meine Lippen weiter zu ihrem Mund vor. Als ich mit meiner Zunge ihre Lippen berühre, stößt sie mich unsanft von sich. Sie springt auf und verschwindet

im Badezimmer. Was hat sie plötzlich?
Ich bin mir nicht sicher, was gerade passiert ist.
Sie ist nur verwirrt. Es war ein schwerer Tag für sie. Gib ihr Zeit. Du hast Zeit. Die ganze Nacht.
Ich bleibe im Wohnzimmer sitzen. Lausche. Mutter ist noch immer im Bad. Ich schenke mir den Rest aus der Weinflasche in ihr Glas ein und trinke es in einem Zug aus. In dem Moment öffnet sich die Badezimmertür, und ich halte aus Reflex die Luft an, so angespannt bin ich in dieser Situation.
Aber Mutter kommt nicht ins Wohnzimmer zurück, sondern geht in ihr Schlafzimmer. Und was ich höre, als sich die Tür hinter ihr schließt, lässt mich fast explodieren. Sie hat abgeschlossen!
Sie verweigert sich mir!? Bomben detonieren in meinem Kopf, ich kann meine Wut nicht zügeln. Ich greife die Weinflasche und werfe sie mit voller Wucht in den Fernseher. Beide zerschellen, es gibt einen eigenartigen Knall. Es raucht!
Ich bin rasend vor Wut und kann nicht fassen, dass sie das mit mir macht.
Ich trete den Tisch um, die Kippen aus dem übervollen Aschenbecher gehen im gesamten Wohnzimmer als Regen nieder.
Scherben, Weinflecken, Aschegeruch ... ich kann mich nicht mehr beruhigen. Wutentbrannt trete ich gegen die verschlossene Tür des Schlafzimmers und schreie gegen das dünne Holz. Wuttiraden und bittende Fragen wechseln sich in unüberhörbarer

Lautstärke ab, und mir wird übel vor Zorn. Es ist ein nie dagewesener Zorn, überirdisch in seinen Ausmaßen, aber Mutter bleibt stur, öffnet nicht und antwortet auch nicht.
Ich lasse sie wissen, wie lang die Nacht noch ist und dass ich warten kann.
Sie weiß nicht, dass das eine Lüge ist. Ich kann weder warten noch mit dieser Abweisung umgehen.
Ein Stich ins Herz, ein Schlag in die Fresse und ein Tritt in die Eier. So fühlt es sich an! Die eigene Mutter.
Fünf Minuten! Ich werde fünf Minuten warten und keine Sekunde länger.
Ich begebe mich zurück ins Wohnzimmer. Was für ein Chaos. Die Uhr zeigt fünf vor elf. Passt. Ist der große Zeiger auf der Zwölf und Mutter bis dahin nicht einsichtig, gehe ich rein.
Ich unterrichte Mutter durch die verschlossene Tür von dem Ultimatum. Endlose fünf Minuten, die meine Geduld strapazieren, in denen mich der übermäßige Alkoholkonsum, der Stress und die Anspannung müde werden lassen und ich auf dem Sofa einschlafe, bevor die Zeit um ist …

… Am nächsten Morgen wurde ich auf dem Sofa so wach, wie ich eingeschlafen war. In einer unwürdigen Haltung, die nun meinen gesamten Körper schmerzen ließ. Von dem dröhnenden Kopf ganz zu schweigen. Die Erinnerungen wurden nur in Raten

geliefert, und es dauerte eine Weile, bis ich wieder in dieser Welt war und meine Umgebung erkannte. Hatten wir in meinen Geburtstag reingefeiert? Das Wohnzimmer sah aus wie nach einem Bombenangriff. Ich tat mich schwer, dieses Chaos meinem eigenen Verhalten zuzuschreiben, und im gleichen Augenblick kam mir Mutter wieder in den Sinn. Das Bier. Ihr Weinen. Der Wein. Mein Versuch und ihre Abweisung. Die verschlossene Tür. Ich wollte aufspringen, aber der Kater ließ ein schnelles Bewegen nicht zu, und so ging ich langsam wie auf Eiern hinüber zum Schlafzimmer. Die Tür war nach wie vor verschlossen. Jetzt bekam ich Schweißausbrüche und Anflüge von Panik.
»Mama?« Nichts.
»Komm, steh auf, ich habe doch heute Geburtstag!«
Ich lauschte, lehnte mein Ohr an die Tür. Stille.
Ich klopfte mit der Faust an und rief ihren Namen, es wirkte albern. Ich wurde auf einmal an Szenen erinnert, die sich in der Vergangenheit zwischen Mutter und Vater abgespielt hatten. Nach ihren Streitigkeiten hatte sich Mutter oft im Schlafzimmer eingeschlossen, weil sie Angst vor Vater gehabt hatte. Jetzt hatte sie Angst vor mir.
Der Gedanke war mir befremdlich und zuwider zugleich. Das wollte ich nicht. Warum hatte sie Angst vor mir? Ich dachte, es wäre alles klar zwischen uns, und wir hatten uns doch auch schon mal geliebt.

Bist du dir da ganz sicher? Kannst du zwischen Realität und Fantasie unterscheiden? Kannst du? Der Wahnsinn hat Einzug gehalten, seit jenem Tag da unten im Keller, auf der muffigen Decke mit dem hässlichen Karomuster, und das weißt du auch. Also, bist du sicher?

Diese Fragen und Äußerungen gefielen mir ganz und gar nicht. Ich versuchte sie zu ignorieren und klopfte erneut an die Tür, flehte, dass sie doch bitte öffnen sollte. Ließ sie wissen, wie sehr es mir leid tat und gelobte Besserung. Aber es kam keine Reaktion aus dem Schlafzimmer, und so entschloss ich mich, die Tür aufzutreten. Ach ja, richtig … das hatte ich gestern schon vorgehabt.

Mit voller Kraft trat ich ohne weitere Vorwarnung mit dem Fuß in Höhe des Griffs gegen die Tür, und sie sprang auf, als hätte man einen Sprengsatz gezündet. Die Schmerzen, die stechend in meine Ferse schlugen, beachtete ich nicht.

Und dann sah ich meine geliebte Mutter auf dem Bett liegen. Mein Kopf sträubte sich zu begreifen, was die Augen dem Gehirn übermittelten. Mit einem Schritt war ich bei ihr.

»Nein! Nein! Mutter! Nein, bitte nicht!«

Ich hob ihren Kopf an, der seitlich aus dem Bett hing. Ihr Körper fühlte sich schlaff und leblos an, und bei dem Versuch, sie gerade auf das Bett zu legen, trat ich auf die Aluminiumröhre und die restlichen Tabletten, die sie nicht mehr geschafft hatte

zu nehmen. Zu spät. Das gesamte Universum brach zusammen wie ein Kartenhaus. Ich begriff, dass sie tot war, und das Leid der gesamten Welt bündelte sich in diesem Moment in meiner Seele. Unbeschreibliche Leere legte sich wie ein alles zerstörender Bombenteppich über mein Bewusstsein. Ich konnte nicht aufhören zu weinen, zu flehen, und ich kam zu der Überzeugung, dass es keinen Gott gab. Nicht hier, nicht im Himmel. Nirgends!
Als ich meine klammernde Umarmung löste, war es schon wieder dunkel draußen. Noch immer küsste ich ihre Stirn, ihr Haupt und strich Haarsträhnen aus ihrem blassen, wunderschönen Gesicht. Meine Augen waren so angeschwollen, dass ich nicht mehr richtig sehen konnte.
Ich versuchte wieder und wieder, Mutters leblosen Arm um meine Schulter zu legen, indem ich ihn wie einen Schal um mich schlang. Aber er glitt jedes Mal auf groteske Weise von mir ab.
Ich wusste nicht, was Verlust bedeutete und auch nicht, dass dieses Gefühl stärker war als Liebe. Das Leben hatte mich belogen. Betrogen! Mir Herz und Seele amputiert.
Der Tod einer Mutter ist der erste Kummer, den man ohne sie beweint.

Die Tage vergingen, ohne dass ich sie wahrnahm. Zeit existierte nicht mehr. Gefühle auch nicht.
Mutters Tod hatte mich in totale Leere katapultiert,

und ich war selbst nicht mehr am Leben. Ich befand mich nicht mehr in der Wirklichkeit, sondern in einer Phase vor dem Urknall. Absolutes Vakuum.
Mit jedem weiteren Tag trat ein Bruchteil meiner Vernunft wieder in den Vordergrund. Ich erkannte, dass ich nicht dort bleiben konnte. Mutter lag im Schlafzimmer. Ich hatte sie gebettet und ihre Hände gefaltet. Der Geruch ließ sich nicht mehr ignorieren und wurde täglich schlimmer, kroch unsichtbar, aber unaufhörlich durch die Wohnung. Suchte sich seinen Weg unter der Haustür hindurch ins Treppenhaus und würde sehr bald Anlass zu Fragen geben. Fragen, die ich nicht plausibel würde beantworten können. Fragen, die zu weiteren unangenehmen Handlungen führen würden. Hausmeister. Polizei. Gewaltsame Türöffnung.
Noch eine letzte Nacht an ihrer Seite, dann wollte ich unsere Wohnung und unser Viertel verlassen. Der Entschluss war von solcher Endgültigkeit, dass ich vorerst nicht weiter darüber nachdenken konnte.
Ich legte mich zu ihr, ließ sie wissen, dass ich gehen müsste und dass wir uns wiedersehen würden. Ich ergriff ihre Hand, und dieses kalte Etwas zu spüren, peitschte meine schon tote Seele noch mehr.
»Leb wohl, Mutter.«
Am nächsten Morgen verließ ich unsere Siedlung. Wie ein Roboter begab ich mich weg von diesem Ort.

Ich hatte Mutter gewaschen, ihr die Haare gemacht und ihr frische Kleidung angezogen.
Sie sollte schön aussehen, wenn man sie fand.

Kapitel 9
Seelenverwandtschaft

Ich erinnerte mich daran, dass Mutter ein einziges Mal ein Buch gelesen hatte, es hieß „Und Jimi ging zum Regenbogen".
Ich wusste weder wovon dieses Buch handelte noch wer es geschrieben hatte. Aber dieser Titel hatte sich in meine Gehirnwindungen eingebrannt und meldete sich nun. *Hallo Jimi. Na, suchst du das Ende des Regenbogens?*
Das wäre eine sinnfreie, hoffnungslose Suche, denn man würde das Ende eines Regenbogens niemals erreichen können.
Es war physikalisch gar nicht möglich. Da konnte man so lange gehen, wie man wollte. Es gab kein Ende des Regenbogens.
Das Schicksal zeigte mir eine lange Nase, ich fühlte mich veralbert, alleine dort draußen, auf meinem Weg zum Regenbogenende.
Ich ging und ging … es war sinnlos. Eine Reise ins Nichts. Ziellos. Orientierungslos.
Ich wusste weder wohin noch in welche Richtung noch sonst irgendetwas.
Es war bitterkalt, mein Gehirn arbeitete langsam und träge, und ich war mir nicht sicher, ob ich tot oder lebendig war. Ich befand mich in einem Schockzustand, bewegte mich wie in Trance, und immer wieder tauchten Bilder von Mutter vor mir

auf. Ich fühlte mich so endlos traurig und schuldig. Meine Frage nach dem *Warum* wurde nicht beantwortet. Die Stimme in meinem Kopf war verstummt.

Während ich mich zu Fuß immer weiter von unserer Siedlung entfernte, überlegte ich krampfhaft, wo ich diese erste Nacht ohne Zuhause verbringen sollte.

Zum Glück lag noch kein Schnee, und als ich spätabends an einer entlegenen Bushaltestelle vorbeikam, beschloss ich dort zu übernachten.

Was sollte ich auch sonst tun. Irgendwo klingeln? *Schönen guten Abend. Meine Mutter hat sich das Leben genommen, und mein Vater sitzt im Knast. Kann ich vielleicht die Nacht bei Ihnen verbringen? Ich weiß nicht, wohin ich soll, und mir ist kalt.*

Wohl kaum. Also setzte ich mich in das Bushäuschen und machte es mir auf der Sitzfläche so bequem wie eben möglich. Meinen Rucksack, der einen kläglichen Proviant aus unserem Kühlschrank enthielt, verstaute ich unter der Bank.

Diese hölzerne Behausung weckte die Erinnerung an einen meiner Beutezüge, mir fiel das junge Mädchen wieder ein, welches nur knapp dem Tod entkommen war. Damals, an einer ähnlichen Haltestelle.

Darüber hinweg war ich eingeschlafen, und irgendwann weckten mich Stimmen. Ich war sofort wach, denn ich lag nicht daheim im warmen Bett, sondern

auf harten Holzbrettern, die für wartende Fahrgäste gebaut worden waren und keinerlei Schlafkomfort boten. Ganz im Gegenteil. Ich hätte am liebsten die ganze Nacht vor Unbehagen geweint. Schmerz, Kummer und Trauer sammelten sich in mir.
Noch aus der Ferne, aber dennoch laut, kamen die störenden Stimmen näher. Lachend. Lallend.
Zwei Jugendliche. Ein Pärchen. Vermutlich betrunken.
Als sie mein Nachtquartier erreicht hatten, erkannte ich, dass sie es als Unterschlupf nutzen wollten. Genau wie ich, nur aus anderen Beweggründen.
Sie bemerkten mich in der dunklen Ecke überhaupt nicht, als sie anfingen, sich zu befummeln.
Ganz sicher betrunken. Alle beide.
Ihr Gekicher und Gestöhne ließ mich an Mutter und Vater denken. An die Nacht, in der ich sie im Schlafzimmer beobachtet hatte und dabei von Mutter entdeckt worden war.
Ich lag ganz still in der Ecke auf der Bank, die Beine angewinkelt und mit meinem dicken, großen Parka zugedeckt. Eigentlich war es Vaters Jacke, ich hatte sie mir vor dem Verlassen der Wohnung aus dem Kleiderschrank genommen und übergezogen.
So entging ich ihren Blicken und blieb unbemerkt.
Sie fingen an zu tanzen. Sie auf ihm. Tango. Ich war müde, und ich war zuerst hier. Ich wollte, dass sie gingen, aber sie machten weiter und fingen an zu stöhnen. Er erzählte dummes Zeug, und sie kreisch-

te. Ich streckte meine Beine aus und stieß die beiden an. Schluss damit.

Sie erschraken sich zu Tode, fingen laut an zu schreien und rannten davon, ohne sich vorher richtig anzuziehen.

Ich hatte das Häuschen wieder für mich alleine. Den Rest der Nacht schlief ich gut.

Als ich dann morgens weiterging, war es noch nicht hell. Ich wollte nicht auffallen.

Aber um das zu vermeiden, hätte ich eine Basecap tragen müssen und eine Hose, die in den Kniekehlen hing. Und einen riesigen Kopfhörer auf den Ohren.

Ich hatte jedoch eine normale Cordhose an, Stiefel und einen Armee-Parka, in dem ich fast verschwand, weil er mir viel zu groß war.

Ich wollte also lieber niemandem begegnen, und aus diesem Grund bog ich nach ein paar Minuten von der Landstraße in ein Waldgebiet ab. Weg von den Menschen.

Aber konnte man denn überhaupt durch unser Land gehen, ohne jemandem zu begegnen, ohne auf Häuser oder Siedlungen, bewohntes Terrain zu stoßen? Ich war mir nicht sicher.

Was ich sicher wusste war, dass man mich suchen würde!

Ich ging immer weiter. Fernab der Lichter. Graue Wiesen, Felder. Frost. Kälte. Trauer.

Ich marschierte, bis es schon fast wieder dunkel wurde und hielt nur kurz an, um mir einen Apfel oder etwas zu trinken aus meinem Rucksack zu nehmen. Wo sollte ich hin? Es sah sehr nach Schnee aus und draußen zu schlafen war keine Option.
Und dann fand ich eine Übernachtungsmöglichkeit. Einen alten, verlassenen Bunker. In einem dunklen Waldgebiet. Es war ein roher, grauer Bunker aus rostigem Stahlbeton mit einem flachen, dicht bewachsenen Dach.
So ist er von oben nicht zu sehen, und die britischen Späher haben ihn nicht entdeckt.
Viel weiter hätte ich nicht gehen können, denn die hohen Tannen, durch die sich der Pfad schlängelte, nahmen das letzte Tageslicht, und ich hatte Schwierigkeiten, mich an diesen schmalen Weg zu halten. Ich fühlte mich zwar lebensmüde, aber ich wollte nicht wie ein Penner erfrieren.
So überlegte ich nicht lange, sondern kletterte durch eine Maueröffnung hinein. Es war dunkel, aber trocken, und zum Schlafen sollte es allemal reichen. Der Untergrund war steinig und sandig, doch das war mir völlig egal. Ich hatte ohnehin keine Ansprüche mehr an das Leben. War ich am Leben? Mir fielen die Geschichten von Oma ein, die sie mir früher erzählt hatte. Geschichten vom großen Krieg, als das Land ausgebrannt in Schutt und Asche gelegen hatte und alles zum Erliegen gekommen war. Und Opa auf dem Weg in die weit

entfernte Stadt Stalingrad verschwunden war. Elternlose Kinder, die weinend durch die Trümmer gelaufen waren. Haltlos, alleine. So wie ich. Fühlte sich so der Krieg an?
Ohne es zu bemerken, fiel ich in einen tiefen Schlaf, denn ich war völlig am Ende. Das war aber in gewisser Hinsicht auch ein Vorteil, denn so fror ich nicht, obwohl es bitterkalt war in dem Verließ. Irgendwann in der Nacht wurde ich von einem Geräusch geweckt. Mein Unterbewusstsein war noch auf Zuhause programmiert, und ich begriff überhaupt nicht, wo ich mich derzeit befand.
Es war die Stimme eines Mädchens zu hören. Sanft und flüsternd, irgendwo dort drüben in der Dunkelheit. Ich rieb mir die Augen, trotzdem dauerte es Ewigkeiten, bis sie sich an das tiefe Schwarz in dem alten Bunker gewöhnt hatten. Wasser tropfte an manchen Stellen von der Decke, und ich lag halb eingerollt auf der kalten, feuchten Erde. Plötzlich stand das Mädchen direkt neben mir und blickte zu mir hinunter. Ich erkannte sie, es war das blasse, junge Mädchen, das mir schon einmal erschienen war. Mit dunklen Augen und dunklen Haaren und genau wie bei ihrem Auftauchen damals in unserer Küche, war ihre Haut wieder so blass, dass ihr Gesicht trotz der Dunkelheit zu leuchten schien. Sie war auch dieses Mal nur mit einem dünnen Nachthemd bekleidet.
Ich empfand ihr nächtliches Erscheinen nicht als

eigenartig oder ungewöhnlich, ganz im Gegenteil. Ihr plötzliches Dasein fühlte sich vertraut an, als wären wir verabredet gewesen und hätten uns auf unser Wiedersehen gefreut.
Ich hatte weder Angst noch sonst ein unbehagliches Gefühl. Keine Fragen nach einem Woher oder Warum. Es kam mir eher wie ein Traum vor.
Aber sie musste furchtbar frieren, ich wollte aufstehen und ihr meinen Parka anbieten. Ich versuchte sie anzusprechen, aber ich konnte es nicht. Es war, als würde mir etwas Unsichtbares den Mund zu halten, und dann sprach sie zu mir. Auch ihre Stimme klang wieder so seltsam und ungewöhnlich wie damals. Als wäre sie weit weg, und dennoch konnte ich ihr sanftes Reden deutlich verstehen. Sie sagte, dass sie mich begleiten würde wie ein Licht in der Nacht und dass wir uns wiedersehen würden.
Bevor sie in der Dunkelheit verschwand, legte sie ihre Hand auf meine Schulter, und ich sah ihr dünnes Handgelenk und ihren mageren Arm. Genauso plötzlich wie sie erschienen war, ging sie auch wieder fort.

Am nächsten Morgen erwartete mich draußen eine weiße Winterlandschaft, und es schneite immer noch leicht. Ich setzte meine ziellose Reise durch die Wälder fort. Meine Gedanken waren bei dem Mädchen. Es waren ihre Worte, die mich beschäftigten und ihr engelartiges Wesen.

Wie ein Licht in dunkler Nacht. Ihre Worte.
Die Bestimmung.
Aber ich musste weiter. Die Nacht hatte mir zugesetzt, mein Rücken schmerzte und ich fror. Ich sehnte mich nach etwas Warmen, einem Ofen, einer Decke oder einem heißen Kakao. Heißes Wasser würde schon reichen. Ich hatte jedoch nichts von alledem. Nur kalte Füße und Schmerzen. Und die quälenden Gedanken an Mutter, immer wieder die Frage nach dem Warum, wie es weitergehen sollte und wo ich hingehen könnte.
Ich begleite dich, dein Blut ist kalt.
Ich wickelte mich in Vaters zu große Jacke ein, wischte mir die Tränen aus dem Gesicht und ging weiter. Es wurde langsam hell, und die Umgebung gab nach und nach ihre Konturen preis. Zwei Rehe auf einer Lichtung starrten mich ungläubig an, wunderten sich über die fremdartige Begegnung, ließen sich aber von mir nicht aus der Ruhe bringen und suchten weiter im gefrorenen Boden nach etwas Essbarem.
Ich griff nach meinem Proviant und aß etwas Kuchen. Nur ein kleines Stück, eingewickelt in Aluminiumfolie. Die Reste aus dem Kühlschrank in unserer Wohnung. Es kam mir vor wie eine Ewigkeit.
Essen ist im Kühlschrank, Ma.
»Mutter?«
Erinnerungen an mein altes Zuhause stiegen hoch. Bilder tauchten auf. Im Sekundentakt. Vater. Mutter. Mein Fahrrad.

Schläge ins Gesicht. Mutters Blicke, die mich so wild gemacht hatten. Kribbeln im Kopf. Katzenaugen. Schneeflocken. Das blasse Mädchen.
Mein Gehirn fror ein, der Wind wurde stärker, wollte mich am Weitergehen hindern. Ich nahm die Herausforderung an, nicht wie in unserer Siedlung, wo ich nur verprügelt worden war. Ich wehrte mich, stemmte mich ihm entgegen. Trotzte der Kälte und dem Schnee. Ich hatte Durst.
»Guten Tag.«
Ich schreckte aus meinem Kampf hoch, und das Gedankenkarussell wurde durch die unverhoffte Begegnung abrupt gestoppt. Verdammt! Weitergehen!? Umdrehen?
»Hallo … Guten Tag.«
Wo kam der denn so plötzlich her?! Ein Jäger.
Ich drehte mich um, der Mann mit dem Gewehr über dem Rücken auch. Unsere Blicke trafen sich. Er musterte mich. Natürlich wunderte er sich über mich und mein Aussehen. Er schaute mir nach, blieb aber selbst stehen.
Ganz ruhig bleiben. Sein Erscheinen hier ist ganz normal, und es hat ihn einen Scheiß zu interessieren, was du hier fernab der Zivilisation im Wald zu suchen hast. Geh einfach weiter oder sag ihm, er soll sich verpissen, bevor du ihn in Stücke reißt!
Die Stimme war wieder da!
»Verdammt, wo warst du so lange? Ja … ja, du hast Recht. Was will er von mir? Er ist in Gefahr und

weiß es nicht. Er ist ganz alleine hier draußen. Er sollte Angst haben. Er sieht mir immer noch nach, macht keine Anstalten weiterzugehen. Ich gehe weiter. Habe alles im Griff.«

Sehr gut.

Er wollte gar nichts von mir. Ein Hund! Da kam ein Hund aus dem Gebüsch. Sein Hund. Scheuchte das Wild auf, half ihm bei der Jagd. Alles klar.

Ein Jagdhund. Graues Fell am Kopf. Schon alt. Er hatte die Zunge draußen, sah mich, blieb kurz stehen und musterte mich. Er kam dicht an meine Beine, roch an mir, ich roch ihn, sah ihm in die Augen und erkannte die Unsicherheit in seinem Blick.

»Ja richtig, Hund. Du musst Angst haben. Lauf zu deinem Herrchen, und alles bleibt, wie es ist. Keine Provokation. Wir ziehen weiter. Ich in diese Richtung und ihr in die andere.«

Na bitte. Es geht doch. Der Mann hat nur auf seinen kleinen Schnüffler gewartet. Du interessierst ihn gar nicht.

Der Jäger wartete, bis das Tier auf seiner Höhe war, dann setzte er seinen Weg fort, ohne sich nochmal umzudrehen. Das war auch gut so. Sonst hätte ich den Jäger zur Beute gemacht. Er wusste es nicht. Das gefiel mir. Die Kälte war weg. Die Stimme war da. »Wo warst du? Hast mich doch vermisst, was? Ich habe dich vermisst. Aber wir brauchen unsere Kräfte vorerst für den Weg. Ich habe kein Ziel, und die Reise kann lange dauern. Keine Jagd. Ganz ruhig, ok?«

Du bist der Boss.

»Ja. Ich bin der Boss. Lass uns gehen. Unterhalte mich.«

Ich marschierte stundenlang. Immer im Schutze der Wälder und abseits von den Menschen. Die Stimme unterhielt mich, und ich vergaß dabei Leid und Schmerz, die Kälte und den Verlust meines früheren Lebens. Plötzlich bewegte sich vor mir im Schnee etwas. Ich blieb sofort stehen, war mir aber nicht sicher, ob ich mich getäuscht hatte. Der eisige Gegenwind hinderte mich daran, genauer zu schauen. Da, wieder eine Bewegung. Etwa zehn Meter vor mir am Rande des Weges, hatte sich etwas bewegt. Ganz sicher. Was war das? Ich hielt mir schützend die Hand vor das Gesicht, denn der Wind trieb mir Tränen in die Augen und rieb wie Schmirgelpapier über meine Haut. Ich machte ein paar große Schritte vorwärts, und nun erkannte ich etwas. Eine Katze. Ihr Fell war weiß wie die Umgebung, und sie hob sich kaum von den Schneemassen ab. Deswegen war sie so schwer auszumachen. Sie bemerkte mich ebenfalls und blickte unverwandt in meine Richtung. Fünf Meter lagen zwischen uns, aber trotz des Windes und der Eiskristalle in der Luft, erkannte ich nun ihre Augen. Zwei leuchtende Punkte. Während ihr Fell und der Schnee farblich miteinander verschmolzen, waren ihre Augen ganz deutlich vor dem weißen Hintergrund auszumachen. Sie starrte mich an und bewegte sich nun nicht mehr. Wie zwei Kon-

trahenten, die sich duellieren wollten, standen wir uns in dieser einsamen Winterlandschaft gegenüber. Sie spürte mein Misstrauen und ich ihres. Jetzt machte sie einen Schritt in meine Richtung. Ganz behutsam, als wäre sie auf der Pirsch, und ich wurde unweigerlich an meine Beutejagd erinnert. Ihre Augen ließen nicht von mir ab. Sie kam näher, während ich abwartete. Ich ging in die Hocke, wollte ihr damit Vertrauen vermitteln. Meine Sinne waren geschärft, und mein Blick schweifte ständig in die Ferne, hielt Ausschau nach Personen, die meinen Weg kreuzen könnten. Die unerwartete Begegnung mit dem Jäger hatte meine Aufmerksamkeit erhöht. Die Katze kam immer dichter, ihre Silhouette war schmal und ihr Gang graziös. Als würde sie sich einer potenziellen Beute nähern.
Sie fixierte mich, und mit einem Mal hatte ich eine bestimmte Situation von damals vor mir. Oben auf dem Hausdach unserer Siedlung. Die weiße Katze, die wie aus dem Nichts aufgetaucht war und dieser Katze im Wald zum Verwechseln ähnelte.
Dieselbe Katze?
Jetzt war sie fast bei mir, und ich streckte die Hand aus. Es klang unwirklich, als ich beruhigend auf sie einredete und der kalte Wind meine Sätze erstickte. Dennoch schien das Tier zu begreifen, dass ich ihm nichts Böses wollte.
»So ganz alleine hier draußen, du hübsches Tier? Hast du dich verirrt? Komm, ich tue dir nichts. Na, komm ...«

Jetzt war sie bei mir. Sie tastete sich an mich heran, blieb verhalten und distanziert, aber ihre Neugier zwang sie dazu, noch dichter zu mir zu kommen. Ich streckte vorsichtig meine Hand nach ihr aus und legte sie behutsam auf den Rücken des Tieres. ich spürte ihr Fell. Es war nass und kalt, gleichzeitig aber weich und seltsam sanft. Sie drückte ihren Körper an mein Bein, suchte jetzt direkten Kontakt, und ich spürte ihr gutmütiges Wesen. Ganz intensiv. Sie fror genau wie ich. Leidensgenossen. Ich streichelte sie, und obwohl meine Hand eiskalt war, machte sie keinerlei Anstalten von mir zu lassen. Also entschloss ich mich, sie mitzunehmen. Ganz behutsam griff ich mit beiden Händen unter das Tier und hob es vorsichtig hoch, um es unter meinen Parka zu bringen. Als hätte die Katze nur darauf gewartet, ließ sie sich ohne Widerstand unter die wärmende Jacke heben. Vorsichtig schloss ich den Reißverschluss, und sie igelte sich augenblicklich an meinem Körper ein. Mit einem Arm hielt ich das Tier so, dass es nicht nach unten herausrutschen konnte und setzte mich langsam in Bewegung. Bereitwillig ließ sich die Katze von mir mitnehmen, und nach einer Weile spürte ich ihre Wärme an meiner Brust. Die Worte des blassen Mädchens kamen mir in den Sinn.
Ich werde dich begleiten.
Es tat gut, nicht mehr alleine zu sein, und die Katze empfand es wohl genauso. Ich konnte ihr Schnurren

unter der Jacke hören. So setzte ich meine Reise fort, und durch den neuen Begleiter fühlte sich der Weg nicht mehr so schwierig an. Die Kälte ließ auch nach.

Die weiße Katze steckte nur ganz selten ihren Kopf aus ihrem warmen Versteck, als wollte sie schauen, wo wir uns befanden, um dann gleich wieder in ihrer warmen Höhle zu verschwinden. Dieses Verhalten trieb mir ein Lächeln ins Gesicht. Ihr Gewicht war keine Mühe. Ganz im Gegenteil. Ich war verwundert, wie leicht sie sich tragen ließ. Sie war keine Last, sie war ein Segen. Es wurde wieder dunkel. Ich war den ganzen Tag marschiert, ohne Pause. Vermutlich weil ich Angst hatte, die Katze könnte mich wieder verlassen, sobald ich mich irgendwo hinsetzte.

Tag und Nacht im steten Wechsel. Wo waren wir? Das Karussell im Kopf drehte sich wieder.

Ich war ziemlich erschöpft und konnte mich kaum noch auf den Beinen halten, als eine große, alte Scheune zwischen den Bäumen auftauchte. Groß und düster, aber sie konnte mir und meinem vierbeinigen Begleiter Schutz vor dem eisigen Wind bieten, der erneut von Norden her über die Felder zog und mit unerbittlicher Härte den Winter ins Land trieb. Da ich mich ausschließlich auf Wald- und Feldwegen fernab der Zivilisation bewegte, zerrte die nächtliche Kälte an meinen Kräften.

Und so war das plötzliche Auftauchen dieser Überdachung ein Lichtblick. Ein Stück Hoffnung. Wie die Katze.

Nachdem ich den Rucksack zwischen zwei losen Holzplanken hindurchgedrückt hatte, zwängte ich mich mit letzter Kraft selbst hinein.

Als sich meine Augen an das Dunkel im Inneren der Scheune gewöhnt hatten, konnte ich zwei alte Anhänger erkennen, ein Ackergerät und einige Strohballen.

Behutsam öffnete ich meinen Parka und ließ die Katze ins Freie. Ihr weißes Fell leuchtete in der Dunkelheit, aber sie machte keine Anstalten, die neue Umgebung zu erkunden.

Es sah nicht so aus, als wäre dort in den letzten Jahren irgendetwas bewegt worden. Als ich das gebündelte Stroh anfasste, konnte ich fühlen und riechen, wie alt und faulig es war.

Wie selbstverständlich blieb die Katze an meiner Seite, und wir teilten uns ein letztes Stück von dem Kuchen, welchen ich mit kalten Fingern in mundgerechte Happen teilte. Sie futterte gierig mit großem Hunger. Katzen aßen Kuchen?

Nachdem sie gefressen hatte, sah sie mich mit ihren leuchtend gelben Augen an. Ich war so froh, dass sie da war. Ich zwängte mich zwischen die gammeligen Strohballen, wickelte mich in den zu großen Anorak meines Vaters ein und weinte mich in dieser fremden Umgebung in einen tiefen Schlaf.

Mitten in der Nacht wurde ich aus diesem Schlaf gerissen, denn das Gebälk der Scheune jammerte und schrie.
Ich erschrak und wagte nicht, mich zu rühren. Es waren fremde, unbekannte Geräusche, die durch die Scheune hallten. Merkwürdiges Knistern und immer wieder krachendes Knirschen. Von allen Seiten. Dann wurde mir bewusst, woran es lag. Es hatte über Nacht noch weitergeschneit, und die schwere Schneelast ließ das alte, morsche Dach in die Knie gehen.
Ich drängte mich ganz eng in die Ecke der Scheune und wartete. Lauschte den fremdartigen Geräuschen, die von den überlasteten Dachbalken zu mir heruntertönten. Keine Stimme im Kopf.
Ich dachte über meine Situation nach. Es gab zwei Optionen. Die erste war, dort drinnen zu bleiben, geschützt vor Kälte, Wind und Schnee, aber Gefahr zu laufen, von dem einstürzenden Dach erschlagen zu werden. Die zweite Option bestand darin, die Sachen zu packen und draußen in der Dunkelheit den Weg ziellos fortzusetzen. Ich blieb in der Scheune, sah immer wieder nach oben, obwohl es sinnlos war, denn ich starrte in völlige Dunkelheit. Wenn das Dach tatsächlich nachgegeben hätte, hätte ich es viel zu spät bis gar nicht gemerkt.
Also blieb ich sitzen, bis die Nacht vorüber war. Das Dach hielt, obwohl in den frühen Morgenstunden ein paar Dachziegel unter der Schneelast lärmend

zu Boden gegangen waren und den Blick in den Nachthimmel freigelegt hatten.

Ich suchte die ganze Scheune nach der weißen Katze ab, aber ich konnte sie nicht entdecken, sie schien ihrer eigenen Wege gegangen zu sein. Und so setzte ich meine Reise alleine fort. Irgendwohin. Nirgendwohin.

Also, ich hab das alles ein bisschen anders in Erinnerung, aber ich will dich nicht verwirren. Meine Aufgabe ist es, dich wieder in die Spur zu bringen. Und wie gesagt, du bist der Boss.

Als ich gegen Mittag eine Pause einlegte, musste ich voller Entsetzen feststellen, dass die Vorräte in meinem Rucksack so gut wie aufgebraucht waren. Wann hatte ich das alles gegessen?

Ich besaß noch eine halbe Tafel Schokolade und ein paar Kekse. Das Wasser in der Plastikflasche war gefroren. Wie konnte denn das Wasser einfrieren? War es so kalt?

Mich überkam Panik, und ich hatte bislang nicht darüber nachgedacht, dass dieser Zeitpunkt irgendwann kommen würde. Ich musste mir Gedanken machen, wo ich Nahrung herbekommen könnte. Übernachtungsmöglichkeiten fand ich immer, das war nicht das Problem. Auch wenn die nächtliche Kälte an meinen Kräften zehrte und der Schlaf in unkomfortablen Unterschlupfen nicht gerade erholsam war. Trinken könnte ich aus Bächen.

Dürfte auch zu realisieren sein. Aber Nahrung?!
Ich hatte weder Geld noch wusste ich eine Möglichkeit Essen zu besorgen. Zumindest nicht auf legalem Wege.
Der faulige Geschmack von Panik, gepaart mit einer Portion Hilflosigkeit, machte sich in meinem Mund breit und ließ meine Zunge trocken werden.
Verzweifelt versuchte ich die Wasserflasche mit den bloßen Händen zu wärmen, um das gefrorene Wasser darin anzutauen. Das dauerte viel zu lange und kühlte meine Hände nur noch mehr aus.
Ich nahm ein Stück Schokolade, steckte es mir gierig in den Mund und stopfte mir eine Handvoll frischen Schnee hinterher. Genussvoll lutschte ich dieses süße, kalte Gemisch, genoss die bittere Schokolade und stellte mir vor, es wäre heißer Kakao.
Heißer Kakao.
Was würde ich jetzt dafür geben! Ich sah mich um, die Tränen trübten den Blick auf die winterliche, karge Umgebung. Nur Felder und Wiesen. Kein Anzeichen von Zivilisation. Alles wie gehabt. Schnee fiel in dicken Flocken vom Himmel. Es war kalt, und ich war obdachlos. Verschollen. Einsam. Ich musste weiter. Immer weiter.
Am späten Nachmittag, es hatte mittlerweile aufgehört zu schneien, kam ich an ein Haus. Ich erschrak und ging sofort in Deckung. Denn ich war in Gedanken gewesen und unaufmerksam. Dieses Haus tauchte so plötzlich und unerwartet vor mir

auf, dass ich einen Satz zur Seite machte und in einen von Schnee bedeckten Graben sprang. Nur langsam hob ich meinen Kopf etwas an, um zu sehen, was mich erwartete. War ich gesehen worden? Kein Licht. Niemand da?
Mein Instinkt riet mir, nicht weiterzugehen, sondern in der Nähe dieses Hauses zu bleiben. Wärme. Essen. Trinken.
Ich blieb und wartete die Dunkelheit ab. Beobachtete dieses alleinstehende, einsame Haus. Wartete ab, ob sich etwas rührte, ein Licht anging oder Personen zu erkennen waren.
Eine Art Bungalow. Ziemlich alt. Tiefes Dach. Nur eine Etage. Kleine Fenster. Ein Schuppen. Eine Garage aus Holz, die Türflügel standen offen. Ein Garten. Kahle Obstbäume. Ein Treppenaufgang zur Eingangstür.
Ob es in diesem Haus heißen Kakao für mich gab?
Wenn sich nach Einbruch der Dunkelheit immer noch nichts rührte, würde ich reingehen. Das sollte nicht das Problem sein.

Die Dunkelheit kam. Mit jeder weiteren Minute, die der Tag der Nacht wich, wuchs auch mein Entschluss, mir Zutritt zu dem offensichtlich unbewohnten Haus zu verschaffen.
Im Schutz des umliegenden Waldes schlich ich durch den Schnee auf die Rückseite des Gebäudes. Unsichtbar, leise umkreiste ich das Haus, und mit

einem Mal wurde das Tier wieder geweckt. Als hätte sich ein Schalter im Kopf umgelegt, änderte sich mein gesamtes Wesen ...

... Ich spüre, wie die Traurigkeit einem Jagdinstinkt weicht. Im Gehirn wird Platz geschaffen für die animalischen Instinkte. Mein Blick wird scharf, meine Ohren nehmen jedes noch so leiseste Geräusch wahr. Die Kälte kann mir nichts anhaben, und ich schleiche auf allen Vieren durch den Schnee, lasse das Haus und seine Umgebung nicht mehr aus den Augen.
Kein Gedanke an Vergangenes. Weder an Mutter noch an die zermürbenden Tage und Nächte voller Entbehrungen. Das alles lasse ich jetzt hinter mir, um mich ganz auf das vor mir liegende Objekt zu konzentrieren.
Mit der Präzision eines Scharfschützen fokussiere ich die Fenster des alten Gebäudes und den Hintereingang, der über eine Veranda ins Haus führt.
Ich lausche. Alle Sinne auf Vollkonzentration. Der frische Schnee dämpft die Umgebungsgeräusche.
Langsam schleicht sich das Raubtier vorwärts, Richtung Veranda.
Da! Ein Schatten. Ich schließe die Augen, drücke mein Gesicht in den kalten Schnee und halte die Luft an. Die frostige Kälte an meinen Schläfen erhöht meine Anspannung nur noch und lässt mein Herz kräftiger pumpen.

Ich habe mein Gesicht tief unter der Schneedecke.
Vater war bei der Armee. Im Dunkel der Nacht kann man ein helles Gesicht unter Umständen über zwanzig Meter weit sehen, je nach Wetterlage. Ein bekleideter Körper wird oft nur als Busch oder Schatten wahrgenommen. Das Gesicht verrät einen! Deswegen werden im Manöver oder Kriegsfall die Konturen des Gesichts mit Ruß oder Dreck unkenntlich gemacht. Verstehst du, Junge? Versteck dein Gesicht und verhalte dich still, dann wirst du nicht erkannt.
Das Gesicht verstecken! Habe ich befolgt. Nur meine Ohren sind frei. Die Kapuze des Parkas im Nacken, lausche ich.
Ein Geräusch, ganz schwach, wie ein Klingeln. Einbildung? Ich bin übermüdet. Konzentration! Besteht Gefahr?
Lauschen! Da, wieder! Ganz sicher. Ein Geräusch. Das Haus ist bewohnt. Da ist jemand. Kein Zweifel.
Das Geräusch kommt direkt von drinnen.
Langsam hebe ich meinen Kopf, ich muss Luft holen. Sobald ich mein Gesicht aus dem Schnee gehoben habe, atme ich tief ein und riskiere einen Blick geradeaus. Irgendetwas stimmt nicht. Es ist kein Licht zu sehen. Nirgends. Das Bild des Hauses erweckt den Eindruck, es sei unbewohnt. Ist es aber nicht. Irgendjemand oder irgendetwas ist da drinnen.
Vielleicht ist es schon länger unbewohnt, und ein Tier, möglicherweise ein Fuchs oder Marder, hat

sich Zutritt verschafft und sucht nun nach Fressbarem?

Alle Fenster und Türen machen einen heilen, verschlossenen Eindruck. Während mein Verstand mit Hochdruck nach einer plausiblen Erklärung sucht, ertönen erneut merkwürdige Geräusche. Diesmal anders. Schleifend, aber mit Sicherheit aus dem Haus. Ich liege etwa fünf Meter von der Veranda entfernt im Schnee. Schwarz auf weiß.

Opa. Die sechste Armee hat sich im russischen Winter mit Mensch und Material aufgerieben. Viele sind im Schnee liegengeblieben und vor Kälte und Erschöpfung gestorben. Er ist nicht mehr zurückgekommen. Er ist den Heldentod gestorben. In Erfüllung seiner Pflicht für das Vaterland.

Kann mir das einer erklären? Was war dort los, damals?

Oma hatte selten und nur unter Tränen davon berichtet. Ich war klein, zu klein, um so etwas zu begreifen, aber manchmal schien es, als sei ich der einzige gewesen, dem sie ihre Gedanken anvertraut hatte. Als müsste sie über all das einfach nur reden. War ich ein guter Zuhörer gewesen? Vielleicht hatte es den Schmerz um den Verlust ihres Mannes gelindert. Vielleicht auch nicht. Ich weiß es nicht. Ich hatte Opa nicht kennengelernt. Er war im Schnee gestorben. Liegengeblieben. So wie ich jetzt. Aber ich bleibe nicht liegen. Ich werde mich jetzt weiter vorwärts kämpfen. Der Feind ist im Haus. Äußerste Vorsicht!

Ich ignoriere die Kälte, die sich an meine Beine krallt, mich fast lähmt und die mir Schmerzen bereiten will.

Langsam arbeite ich mich weiter an das Gebäude heran. Noch knapp einen Meter, dann bin ich dicht bei den Stufen, die hinauf zur Veranda führen.

Ich fühle mich unsichtbar und unerkannt, als mit einem Schlag die Hintertür des Gebäudes aufspringt. Ich kann gerade noch die Silhouette einer Person erkennen, bevor ich mein Gesicht erneut in den Schnee drücke. Jetzt ist es aus! Ich werde entdeckt.

Ein Mann? Wird es einen Kampf geben? Ist er stärker als ich? Bewaffnet?

Ich halte erneut die Luft an, verharre wartend der Dinge, die da kommen … fünf Sekunden … zehn … Was ist? Ich warte … komm schon … kampflos bekommst du mich nicht!

Das Geräusch. Dieses merkwürdige Klingeln.

Jetzt ruft er einen Namen. Seine Stimme kennzeichnet ihn als Mann. Kein Zweifel.

Mein Verstand schickt mir ohne Unterlass Informationen über die Person, die knapp zwei Meter von mir entfernt einen Namen in die Nacht ruft.

Ein alter Mann. Nicht sehr schwer, aber groß und gefährlich. Nicht sehr kräftig, aber schnell und von durchtriebener Gerissenheit. Gefahr! Kampf oder Flucht? Ruhe bewahren!

Noch sieht er mich nicht. Noch nicht.

Gesicht verstecken. Das ist wichtig!
Wieder der Ruf eines Namens, und nun begreife ich. Ein Haustier! Sein Haustier. Kein Hund. Nein, eine Katze. Er ruft sie. Aber er müsste mich doch sehen! Ich bin zu dicht am Feind.
Schatten oder Gebüsch? Ist meine Tarnung so perfekt? Anscheinend, er sieht mich nicht.
Wieder dieses klingelnde Geräusch. Der Mann schlägt auf oder gegen etwas.
Bleib liegen, aber sei bereit. Wenn es zum Kampf kommt, ist es ein Kampf auf Leben und Tod. Keine Kompromisse! Du oder er. Er wird nicht fragen. Er wird versuchen, dir dein Leben zu nehmen, bevor du ihm seins nimmst. Er ist gefährlich und kein leichter Gegner.
Der Parka wird dich im Kampf behindern, aber es gibt keine Gelegenheit mehr ihn vorher loszuwerden.
Die Stimme in meinem Kopf.
Ich sollte atmen. Langsam geht mir die Luft aus, und er steht immer noch da oben.
Ich kann ihn hören und spüren. Auch wenn er in diesem Moment nichts sagt. Totenstille. Ich bekomme Atemnot, brauche Sauerstoff!
Wie damals in dem verqualmten Autowrack. Sterne tauchen auf, mir wird schwindelig. Blitze zucken. Meine Augen sind geschlossen, mein Körper schreit nach Sauerstoff!

Ich hebe den Kopf, atme so leise wie möglich ein und mache mich für eine eventuell bevorstehende Auseinandersetzung bereit.
Jetzt müsste er mich sehen, trotz Dunkelheit!
Ich bin viel zu nahe und kann nicht ganz geräuschlos bleiben.
Mehrmals hole ich tief Luft, um dem Erstickungstod zu entgehen, und in diesem Augenblick fängt der alte Mann auf der Veranda an zu sprechen. Seine Stimme klingt rau und alt.
Ich verstehe nicht?!
Er fragt mich, ob ich sein Kätzchen bin?
Ich bleibe liegen, habe mich auf die Ellbogen gestützt, um bei einer Attacke schneller auf den Beinen zu sein, während er weitersuchend seinen Kopf hin und her bewegt und das Kätzchen ruft.
Er sieht mich nicht! Im Haus ist kein Licht! Er sieht überhaupt nichts. Der Mann ist blind! Und allein, sonst wäre dort drinnen die Beleuchtung eingeschaltet!
Ganz ruhig! Seine anderen Sinne funktionieren. Wahrscheinlich besser als bei den meisten anderen Menschen.
Er hat mich gehört, denkt, ich wäre die Katze. Leise! Ganz leise sein. Nicht bewegen. Und flach atmen.
Wenn er da oben stehenbleibt, habe ich eine reale Chance, hier gut rauszukommen.
Mein Verstand überschlägt sich fast, während ich regungslos im Schnee liege und den Mann vor mir

nicht mehr aus den Augen lasse. Ich könnte ins Haus gelangen, er sieht mich nicht. Ich bleibe liegen. Die Katze. Wo ist die Katze? Kann sie mich verraten? Das Geräusch erklärt sich. Er schlägt mit einer Gabel oder einem Löffel gegen einen Tellerrand. Futter für die Katze. Lockruf. Sie kommt nicht. Einmal ruft er ihren Namen noch, schlägt im Takt gegen das Porzellan und geht dann langsam zurück ins Haus. Die Tür fällt hinter ihm ins Schloss. Endlich!
Jetzt muss ich sofort meinen Körper mit Sauerstoff auftanken. Tief, gierig und laut hole ich Luft, bis meine Lungen fast platzen. Ich erhebe mich aus meiner Haltung. Meine Hände sind fast erfroren, und ich kann meine Finger nicht bewegen. Aber das ist nebensächlich, denn der Geruch von Nahrung steigt mir in die Nase und benebelt meine Sinne. Schmerzempfinden eingeschlossen.
Der Mann hat den Teller mit Futter in weiser Voraussicht auf der Veranda abgestellt, hofft, dass sein Kätzchen erscheint und sich das Futter holt. Zu spät. Wann habe ich das letzte Mal etwas gegessen?
Willst du jetzt wirklich Katzenfutter zu dir nehmen?
Oh ja, und wie ich das will.
Es riecht wie Schmorbraten. Gänsekeule. Omas Rouladen.
Gebückte Haltung. Blick zum Fenster. Langsam bewegen, keine unnötigen Geräusche verursachen, nicht die Aufmerksamkeit des Blinden erregen!
Bleib auf der Hut, wenn du dich schon zu so etwas herablassen willst.

»Du könntest jetzt mal für einen Moment die Klappe halten und mich machen lassen!«
Stufe für Stufe steige ich zur Veranda empor, den Geruch der leckeren Mahlzeit in der Nase. Ich habe Hunger! Und da steht es. Ich bin auf Augenhöhe mit der Mahlzeit, und mir läuft das Wasser im Mund zusammen. Meine Finger sind zu klamm, um das Dosenfutter aufzunehmen. Ich sehe noch einmal zur Tür und fange an zu essen. Wie ein Tier. Auf allen Vieren, direkt in den Mund. In Sekunden habe ich die Portion verschlungen, und es tut mir nicht leid für die Katze. Hier gibt es noch mehr.
Mit steifen Fingern hebe ich den Teller an und lecke die Reste auf. Genüsslich fahre ich mit der Zunge über das kühle Porzellan und lasse nichts haften. Und während ich diesen Teller drehe und wende, springt mir ein seltsames Zeichen ins Auge. Ein Kreuz, eingraviert in die Unterseite.
Das Zeichen des Bösen! Die Fotos von Opa. Die Uniform. Omas Erzählungen von einer menschenverachtenden Ideologie und Millionen von Toten.
Gehört er dem Clan an?
Dunkle Mächte. Dunkle Geschichte.
Das Kreuz mit den abgewinkelten Enden. Ungläubig schaue ich mir das Symbol an und suche nach weiteren Hinweisen. Es bleibt das einzige Zeichen. Mittig unter dem Teller, umfasst von einer kreisrunden Wölbung.
Ich stelle ihn vorsichtig an die Stelle zurück, wo der

blinde Mann ihn für die Katze abgestellt hatte. Ein merkwürdiges Gefühl überfällt mich, lässt mich schaudern, und ich muss mich schütteln wie ein nasser Hund.

Dieses Gefühl, welches mir durch die Knochen fährt, besteht aus zwei wesentlichen Dingen: Ehrfurcht und Entsetzen. Eine winzige Prise Angst ist auch noch dabei. Zu grausam und barbarisch haben sich die wenigen Erzählungen von Oma über diese Epoche in meinem Gedächtnis abgelegt. Und jetzt begegne ich einem Teil davon! Vierzig Jahre später. Gehört er zum Clan und wenn ja, was hatte er für eine Funktion? Warum lebt er hier, unerkannt? Mein Instinkt hat mir ja ohnehin „Gefahr" bescheinigt, was diesen blinden Mann angeht. Oder ist der Teller mit dem Symbol des Bösen nur ein Relikt aus jener Zeit, auf irgendeinem Flohmarkt ersteigert? Wie dem auch sei, ich entschließe mich, erstmal hierzubleiben. In der Nähe des Hauses. Mit noch größerer Vorsicht bewege ich mich in geduckter Haltung rückwärts vom Haus weg, die Augen immer auf die Tür und die Fenster gerichtet. Es besteht akute Gefahr, aber mein Wunsch nach einer Bleibe, nach Essen und Trinken ist größer, und so versuche ich, diese Gefahr auszublenden.

Nachdem ich mich ein paar Meter von dem Haus entfernt habe, kann ich zu meiner Linken eine alte Tonne erkennen, in die das Fallrohr der Dachrinne mündet. Wasser!

Ich bin durstig. Das feuchte, warme Futter hat zwar meinen Hunger gestillt, aber jetzt verspüre ich Durst.
Durst ist schlimmer als Heimweh.
Vaters ewiger Trinkspruch und die banale Rechtfertigung für ein anstehendes Besäufnis. Nichtsnutz!
Also begebe ich mich erneut in den Gefahrenbereich des blinden Mannes.
Er gehört zum Clan. Kein Mensch benutzt solche Teller als Futterschale. Mal darüber nachgedacht? Flohmarkt? Ha. Wie muss ich mir das vorstellen? ›Entschuldigung, ich bin auf der Suche nach Porzellangeschirr aus der NS-Zeit. Irgendetwas mit Hakenkreuz, meine Katze isst so gerne von solchen Tellern‹?
Der Mann ist seinerzeit Mitglied gewesen. Zweifellos. Und gefährlich. Die wissen, was sie tun und getan haben! Sei auf der Hut!
»Du hast Recht. Kein Zufall oder sowas. Aber ich bleibe dennoch. Ich muss mich nur still verhalten. Dass er nichts sehen kann, gibt mir in seiner Nähe einen gewissen Vorteil.«
Die Tonne ist bis zum Rand mit Regenwasser gefüllt, welches auf der Oberseite zentimeterdick gefroren ist. Aber es gelingt mir, mit meinen Händen den Eisdeckel einzudrücken, um an das Wasser zu gelangen. Das verursacht knirschende Geräusche, und ich verfalle sofort in Schockstarre, den Blick auf die seitlich gelegene Hintertür gerichtet. Lauschen!

Unterschätz ihn nicht. Ein Handlanger des Todes. Instrument eines erbarmungslosen Regimes. Die Macht des Bösen.

Minutenlang rühre ich mich nicht, stehe wie eingefroren vor dem schäbigen Wasserfass und warte, ob sich etwas regt. Nichts.

Ich schöpfe das eiskalte Regenwasser mit meinen Händen an den Mund und trinke, bis ich Bauchschmerzen bekomme. Es interessiert mich nicht. Nach all den Entbehrungen der letzten Tage und den stundenlangen Märschen durch Eis und Schnee ignoriere ich den Überdruck in der Magengegend. Der Durst ist gestillt. Das ist das wichtigste.

Jetzt sind meine Gedanken bei der offenstehenden Garage, und ich entschließe mich, dort nach einem Schlafplatz zu sehen. So kann ich morgen, bei Tageslicht, in aller Ruhe das Haus auskundschaften und mir einen Plan zurechtlegen.

Mit der Grazie eines Leoparden schleiche ich geräuschlos durch den Schnee in Richtung der hölzernen Garage. Sie ist nur etwa zehn Meter von dem Hauptgebäude entfernt, und als ich den Schuppen erreiche, kann ich einen uralten Pkw im Inneren ausmachen. Einen Oldtimer.

Groß und schwarz steht er da, mit einer riesigen, ausladenden Haube und einem eingefassten Stern auf dem Kühler.

Ein Flaggschiff, kein Auto.

Sonst kann ich nicht viel erkennen. Es ist zu dunkel

hier drinnen, obwohl die Garage ein Fenster auf der Rückseite hat, das am Tage einen Blick auf das Haus ermöglicht.

Ich möchte nicht Gefahr laufen, in dieser Dunkelheit irgendetwas umzustoßen oder über etwas zu stolpern. Keine Geräusche zu verursachen ist oberste Devise!

Ganz behutsam taste ich mich an dem meterlangen Auto entlang und spüre auf der kalten Blechkarosse eine dicke Staubschicht, die wie Pulverschnee durch meine Fingerspitzen rinnt.

Der Wagen wurde ewig nicht bewegt.

Ich arbeite mich vorsichtig zu dem hinteren Türgriff auf der rechten Seite vor. Das blanke Chrom fühlt sich kalt an, aber als ich erkenne, dass sich die Tür des mächtigen Gefährts öffnen lässt, bekomme ich schweißnasse Hände. Was für ein Treffer. Der Wagen lässt sich problemlos und vor allem geräuschlos öffnen, und im Inneren erwartet mich eine überdimensionale Rückbank, die an Sitzkomfort ihresgleichen sucht. Ich steige hinein und lasse mich augenblicklich auf die Seite fallen. Das Gewicht meines Körpers drückt sich in die dicken Polster, und ich federe ein, zwei Mal nach. Dann übermannt mich ein tiefer Schlaf. Als ich wieder erwache, ist es hell draußen, und ich fühle mich erholt wie lange nicht mehr.

Ich bleibe liegen, nachdem ich meine Augen geöffnet habe und lausche. Es herrscht Stille.

Nur langsam erhebe ich mich und drehe meinen Kopf dabei in alle Richtungen, um eine mögliche Gefahr schnell zu erkennen. Nichts.

Durch die Heckscheibe und durch das Fenster auf der Rückseite der Garage habe ich einen direkten Blick auf die Vorderseite des Hauses, ohne dass ich den Pkw verlassen muss. Der Himmel ist klar und blau, und das Licht der Sonne wird von der Schneelandschaft rund um das Gebäude reflektiert. Es müsste schon Mittagszeit sein. Der Gedanke an das gestrige Rinderragout steigt mir in den Kopf, und ich bekomme wieder Hunger.

Ich lasse mich zurück in die Polster gleiten, schaue an die vergilbte Decke des Wagendachs und überlege. Überlege, wie ich unentdeckt ins Haus gelangen könnte. Warum sollte ich nicht ein paar Tage hierbleiben. Gefahr hin oder her.

Ich habe kein Ziel, möchte nicht mehr umherirren. Möchte nicht mehr stundenlang in eisiger Kälte marschieren ohne zu wissen, wo ich die nächste Nacht verbringen soll. Hier im Auto habe ich ein bequemes Bett, es ist nicht allzu kalt, und die Chancen, drüben im Haus etwas zu essen zu bekommen, stehen auch nicht schlecht.

Du musst vor allem eines tun – warten. Geduldig sein und warten. Warten bis sich eine Tür öffnet und dann leise und unbemerkt ins Haus huschen. Er sieht dich nicht, und leise sein kannst du doch. Schleichen wie ein Leopard. Dann sehen wir weiter.

Also schleiche ich mich ans Haus. Ohne Eile, den Blick in alle Richtungen. Der Schnee blendet, aber ich bin wachsam, sehe mich immer wieder um. Drehe mich nach allen Seiten, während ich durch den Schnee Richtung Gebäude pirsche.
Bekommt er mal Besuch? Fährt ein Postauto vor? Wer bringt die Lebensmittel? Und verlässt er sein Haus überhaupt einmal so weit, dass ich unbemerkt an ihm vorbeikommen könnte?
Ich suche nach Reifenspuren, nach Hinweisen auf Kontakte von außerhalb, aber der Neuschnee lässt keine Schlüsse zu. Keine Spuren. Kein Auto. Weit und breit nur Schnee und Wald. Drei Stufen führen zum Vordereingang hinauf, und hier kann ich Spuren erkennen. Auch Schuhabdrücke vor der Tür. Soll ich hier vorne warten, bis etwas passiert? Zu gefährlich. Also entschließe ich mich weiter ums Haus zu gehen, bis zur Rückseite. Ich komme an zwei Fenstern vorbei, kann aber nichts erkennen. Es ist zu dunkel im Inneren. Also weiter. Ich biege um die hintere Hausecke und erschrecke. Da steht er. Der blinde Mann vom Clan der Bösen. Er wirkt noch jetzt größer als gestern Abend, und er hält den von mir leergefutterten Teller in der Hand.
Ich mache einen Schritt zurück hinter die Mauerecke. Reflex.
Er kann dich nicht sehen. Nur hören. Worauf wartest du? Geh schon.
Dicht an der Hauswand pirsche ich mich auf leisen

Sohlen dem Feind entgegen. Hier unterhalb des Daches liegt kein Schnee, und auf den ausgelegten Steinplatten kann ich mich relativ geräuscharm voran bewegen. Schritt für Schritt, auf Zehenspitzen. Der Mann steht seitlich zu mir, ich kann hören, wie er die kühle Luft ein- und ausatmet. Von irgendwoher plätschert Wasser. Die Dachrinne? Das Fass?
Mein Kopf wird heiß, ich behalte ihn im Visier, fixiere ihn, schleiche auf leisen Sohlen. Ich spüre, wie es wieder zu kribbeln beginnt. Dicht unter der Kopfhaut. Er steht nur da und atmet tief. Der blinde Mann trägt Hausschuhe. Ich muss mich beeilen. Gleich bin ich bei ihm. Die Stufen. Leise!
Leichter Wind. Pfeifende und knarrende Geräusche wehen vom Wald herüber zu uns, geben mir Schützenhilfe. Er sieht mich nicht, und er hört mich nicht. Ich bin oben auf der Veranda, keinen Meter von ihm entfernt. Zu allem bereit, entschlossen in dieses Haus zu gelangen. Noch knapp einen Meter, dann bin ich drin!
Ich lasse ihn keine Sekunde aus den Augen. Mit meinen Stiefeln ertaste ich die Schwelle der Hintertür, sollte er mich jetzt bemerken, käme er zu spät. Ich bin in seinem Haus. In Bruchteilen von Sekunden analysiere ich die fremde Umgebung. Darin bin ich Profi. Animalische Instinkte wirken wieder. Blitzschnelle Gedankengänge und ein zu hundert Prozent auf Raubzug ausgelegtes Nervensystem arbeiten Hand in Hand. Nichts entgeht mir. Sessel, Sofa,

Kommode, großer Schrank. Geweihe an den Wänden. Und Gemälde. Landschaftsbilder. Hässlich. Zwei Türen. Kein Fernseher. Natürlich kein Fernseher. Aber ein seltsames Gerät mit einem riesigen, trichterähnlichen Gebilde daran. So etwas habe ich noch nie gesehen. In der Ecke steht ein wuchtiger Ofen. Kaminfeuer. Das Holz brennt. Es knistert und gibt Wärme ab. Wohlige Wärme.
Ein Blick zu ihm. Er steht immer noch so da, und man könnte meinen, er schaut hinaus in den Wald.
Ich entscheide mich für die linke Tür. Ein Flur. Weitere Türen. Eine davon die Haustür.
Ich orientiere mich, da ist die Vordertür, hinter mir die Veranda. Die linke Tür steht offen. Kurzer Blick. Eine Küche. Mein Herz rast. Ein Geräusch. Die Hintertür schließt sich. Er ist im Haus.
Jetzt volle Konzentration. Tango. Du bist ein Tier. Furchtlos. Er sieht dich nicht. Nutze diesen Vorteil zu deinen Gunsten. Ich kann ihn hören. Seinen schlurfenden Gang. Aber vergiss nicht, woher er kommt! Er hat mit Sicherheit eine erstklassige Kampfausbildung genossen. Vielleicht Nahkampf.
Er war kein einfacher Soldat. Der nicht, das sagt mir mein Instinkt.
Er ist nebenan, in dem Raum mit der Hintertür. Ich stehe regungslos im Flur, meine Fäuste sind geballt. Alle Muskeln angespannt. Ich lausche. Er spricht. Selbstgespräche? Vorsichtig wage ich ein paar Schritte auf die Tür zu, hinter der er sich befindet.

Ich habe keine Angst, befinde mich wieder im rauschähnlichen Zustand. Alle Sinne auf Jagdmodus. Schleichen. Lauschen. Zum Sprung bereit. Aber mit dem nötigen Respekt. Kurz vor der Tür mache ich halt, und jetzt höre ich deutlich seine raue Stimme. Er spricht mit der Katze. Sie ist im Haus, bei ihm. Habe ich sie übersehen? Nein, das kann nicht sein. Ich hätte sie bemerkt, und selbst wenn ich sie übersehen hätte, sie hätte *mich* bemerkt. Sie ist mit ihm durch die Hintertür reingekommen. Er hat auf sie gewartet.

Seine Stimme kommt näher, er ist direkt hinter der Tür. Ich habe keine Zeit mehr, um mich zu verstecken. Geistesgegenwärtig mache ich zwei Schritte rückwärts, als die Tür aufgeht und er in den Flur tritt. Ich drücke mich an die Wand und vereise in dieser Haltung. Er kommt auf mich zu, ich sehe ihm direkt ins Gesicht und kann die blinden, weißen Augen erkennen. Nur weiß in den Augen. Er ist so dicht bei mir, dass ich fast seinen Atem spüre. Mein Puls ist auf zweihundert. Spürt er nicht, dass jemand in der unmittelbaren Nähe ist?

Er geht links in die Küche, und jetzt kommt die Katze in den Flur gelaufen. Es ist die weiße Katze!

Sie sieht mich sofort, bleibt ruckartig stehen, und augenblicklich stellen sich ihre Nackenhaare zu einem Kamm auf.

Er ruft nach ihr, aber sie lässt sich nicht beirren. Hat mich im Fokus und legt ihre Ohren nach hinten.

Obwohl sie mich kennt, zeigt sie diese Anzeichen von Abwehr, Angriff und Aggression. Hier in ihrem Terrain bin ich für sie eine fremde Person. Sie bringt mich in Schwierigkeiten. Mein Gehirn sucht nach einer Lösung.
Nicht bewegen. Bleib, wo du bist. Ruhig bleiben, ruhig atmen.
Das sagt sich so leicht, ich bin in Schwierigkeiten. Was helfen mir solche „bleib ruhig" Parolen?
Die Katze fängt an zu fauchen. Nicht sehr laut, aber sie ist auf höchste Alarmstufe eingestellt.
Er ruft nochmal aus der Küche nach ihr, und jetzt kann ich wieder das klingelnde Geräusch wahrnehmen. *Das* Geräusch. Der Lockruf. Katze, es gibt Futter. Gabelklirren am Tellerrand. Das Zeichen des Bösen auf der Unterseite des Tellers. Aber die Katze hört ihn nicht. Ihre Sinne sind bei mir.
Gib ihr einen Tritt und das Problem ist gelöst. Wenn er mitbekommt, dass sie sich sonderbar verhält, dann schöpft er Verdacht und du bist in noch größeren Schwierigkeiten als jetzt.
Ohne weiter darüber nachzudenken, greife ich den Vorschlag auf und gebe ihr einen Tritt. Das kommt für sie völlig unerwartet, sie jault auf und segelt den Flur entlang. Sie landet unsanft, schüttelt sich und läuft in den Nebenraum. Jetzt ruft der alte Mann fragend ihren Namen und kommt aus der Küche zurück in den Flur.
Da ist er. Schlurfend geht er abermals dicht an mir

vorbei. Er kennt jeden Winkel dieses Hauses. Er tastet sich nicht vorwärts, hält auch keinen Blindenstock. Er bewegt sich zwar langsam, aber sicher und routiniert. Kennt die Wege. Nur um Zentimeter schleicht er an mir vorbei. Wie ein Geist.
Wieder ruft er nach der Katze, und jetzt kommt sie um die Ecke gelaufen, rennt an ihm und mir vorbei und verschwindet in der Küche.
Der alte Mann registriert das sofort, denn sie streift ihn im Vorbeilaufen am Bein.
Er dreht um, kommt zurück, und wieder sehe ich in seine blinden Augen. Was ist ihm passiert?
Er bleibt stehen. Ich halte die Luft an. Er ist ganz dicht neben mir. Spürt er mich jetzt? Er kann meinen Herzschlag hören!
Er runzelt die Stirn und macht den Eindruck, als würde er lauschen. Er neigt den Kopf zur Seite, und jetzt holt er tief Luft durch die Nase. Er dreht sich, langsam. Um die eigene Achse. Ich bleibe unbeweglich stehen, halte immer noch die Luft an. Es ist so still, dass er mich atmen hören würde. Ganz sicher.
Die Katze rettet mich aus der Situation, indem sie in der Küche anfängt zu maunzen. Der Alte entspannt sich und geht in die Küche. Das war knapp!
Plötzlich bekomme ich ein schlechtes Gewissen, weil ich das Tier getreten habe. Aber die Stimme in meinem Kopf hatte Recht, es war die beste Lösung. Ich nutze die Gelegenheit, dass sich beide in der Küche aufhalten und schleiche mich leise durch den Flur zurück ins Wohnzimmer.

Ich fühle mich erschöpft. Die letzten Tage haben Kraft gekostet und die Anspannung gerade eben auch. Ich habe Hunger und Durst und bin müde. Ich werde im Haus bleiben. Auch über Nacht. Soviel steht fest.
In dem Zimmer mit dem großen Trichter und den Gemälden setze ich mich etwas abseits in die Ecke unterhalb der großen Fenster auf den Fußboden. Der ganze Raum ist mit Teppich ausgelegt, der zwar etwas seltsam riecht, aber weich und gemütlich ist. Das Fenster geht bis zum Boden, es sieht eher wie eine Glastür aus. Von hier aus kann ich, selbst im Sitzen, das Zimmer gut einsehen und gleichzeitig nach draußen schauen. Sollte also in absehbarer Zeit jemand hierherkommen, sei es mit dem Auto, zu Fuß oder sonst wie, dann würde ich es sehen. Ich fühle mich plötzlich so müde, dass mir die Augen zufallen, und obwohl ich in dem alten Auto dort drüben in der Garage gut geschlafen habe, muss ich kämpfen, um jetzt nicht einzuschlafen.
Die Wärme. Es ist die Wärme, die dich so schläfrig macht. Wann hast du das letzte Mal in einem warmen Raum gesessen?
Und während ich mit der Müdigkeit kämpfe, höre ich auf einmal, wie vorne eine Tür aufgeschlossen wird. Ich drehe mich zum Fenster und bin mit einem Schlag hellwach. Draußen sehe ich den Mann, wie er vorsichtig die Betonstufen hinabsteigt und davongeht. Er hat einen knielangen, grauen Mantel

an und eine Mütze auf seinem kahlen Kopf. An den Füßen trägt er schwere Stiefel. Ich beobachte ihn. Er weiß genau, wohin er will, geht einen schmalen Pfad in Richtung des Waldes, und jetzt kann ich den Verschlag mit gestapelten Holzscheiten erkennen, der gestern in der Dunkelheit nicht auszumachen war. Geistesgegenwärtig springe ich auf und renne durch den Flur in die Küche. Ich habe vielleicht zwei, drei Minuten, bis er mit neuem Feuerholz zurück ins Haus kommen wird. Ein Blick und ich sehe den Kühlschrank. Ungeachtet aller Geräusche, die ich jetzt mache, reiße ich die Tür des Kühlschranks auf und begutachte den Inhalt.
Zuerst trinken, das geht am schnellsten. Du kennst das genaue Zeitfenster nicht, welches dir jetzt zur Verfügung steht.
Eine offene Milchtüte, die ich direkt ansetze und am liebsten gierig austrinken möchte.
Halt! Nicht zu viel. Von allem ein bisschen oder willst du, dass er bemerkt, dass sich hier jemand zu schaffen macht? Es kann auch gut möglich sein, dass er Waffen im Haus hat und davon Gebrauch macht, wenn er dich bemerkt. Mit einer Schrotflinte erwischt er dich auch ohne dass er dich sieht!
»Ja, du hast Recht. Ich muss aufpassen und mich beeilen.«
Was noch? Mettwurst, getrocknet. Gemüse. Ein paar Joghurts. Ein großes Stück Käse. Undefinierbares in Gläsern. Sieht aus wie Möhrenpüree. Dick

und rötlich. Mist, mir läuft die Zeit weg, aber ich muss jetzt handeln.
Schnell zum gegenüberliegenden Küchenschrank. Ich brauche ein Messer. Schneller. Alles ist hier Baujahr fünfzig oder so. Ich reiße die erstbeste Schublade auf und habe Glück. Eine ganze Sammlung der unterschiedlichsten Messerarten springt mir ins Auge. Ich greife mir eines und hoffe, dass es scharf genug ist, um von der Wurst und dem Käse etwas abschneiden zu können. Bei dem Gedanken muss ich lachen, obwohl die Situation es eigentlich nicht zulässt.
Ja, du hast einen Schuss weg.
Zurück am Kühlschrank, greife ich mir den Laib Käse und schneide mit dem Messer so gerade und sauber es geht, eine daumendicke Scheibe ab und lege das große Stück sofort wieder zurück. Mein Hörsinn ist intensiv auf der Suche nach Geräuschen, die die Rückkehr des Hauseigentümers ankündigen. Nichts zu hören.
Ich nehme die Wurst und schneide ebenfalls ein Stück ab, aber nur so viel, dass der Diebstahl vermutlich nicht auffällt.
Immer noch nichts von dem Mann zu hören und von der Katze auch keine Spur. Wo kann sie sein? Draußen? Vermutlich. So viele Räume und Möglichkeiten gibt es hier nicht.
Ich stopfe mir Wurst und Käse in die Jackentaschen und will zum Küchenschrank gehen, um das Messer

zurückzulegen, als das Öffnen der Haustür die Rückkehr des Blinden ankündigt.
Keine Zeit mehr. Ich renne auf Zehenspitzen zurück ins Wohnzimmer. Das Messer habe ich in der Hand. Wer weiß, wozu es gut ist?
Ich setze mich wieder an die Stelle am Fenster, in die Nähe des wärmenden Ofens und verhalte mich ganz still. Der Geruch der geräucherten Wurst steigt mir in die Nase. Kann er das auch riechen? Es besteht die Möglichkeit, dass sich seine Sinne, insbesondere sein Geruchssinn, durch die Blindheit stärker entwickelt haben. Aber ich kann den ausströmenden Duft nicht unterbinden und warte. Ich höre ihn den Flur entlangkommen. Die Tür wird aufgestoßen, und er betritt den Raum. In den Händen einen Weidenkorb mit Holz. Aufgetürmt zu einem Berg.
Der alte Mann hat Kraft. Viel Kraft. Seine äußere Erscheinung täuscht, das bestätigen diese Mengen an Holz, die er schleppt. Mein Instinkt hat mich nicht getrogen, dieser Mann ist gefährlich.
Ein zäher Hund. Unberechenbar.
Er lässt den Korb vor sich auf den Boden gleiten, und der Geruch der Wurst mischt sich jetzt mit dem des Holzes. Süßlicher Harzgeruch. Er öffnet die Kaminklappe und befeuert den Ofen mit zwei Scheiten Holz. Dann rückt er den Korb neben das große, grüne Sofa und verlässt den Raum wieder. Ich lausche, höre ihn nicht. Nach ein paar Minuten kommt er

zurück und setzt sich aufs Sofa. Gleich darauf springt die weiße Katze auf seinen Schoß und macht es sich bequem. Ich sehe ihn. Sehe die Katze. Er sieht mich nicht, aber die Katze sieht mich. Sie lässt mich, schaut abwertend zu mir. So jedenfalls kommt es mir vor.

Der Mann streicht ihr mit seinen knochigen Händen durchs Fell. Es sind riesige Hände, vom Alter gezeichnet mit dünner Haut und bläulichen Adern. Aufmerksam und fasziniert von dieser Situation beobachte ich das Geschehen. Ich sitze bei einer fremden Person im Haus, im gleichen Zimmer und bin doch nicht da. Plötzlich muss ich wieder an Mutter denken. Ich hatte sie für eine Weile vergessen, war abgelenkt und beschäftigt mit dieser Sache hier, aber jetzt ist sie wieder da. Es gefällt mir nicht, dass ich an sie denken muss. Es war viel angenehmer, als sie nicht in meinem Kopf war.

Jetzt sehe ich sie vor mir. Sie liegt stöhnend unter Vater und lässt sich gehen. Wild und gierig ihr Blick. Und sie sieht mich, als ich die beiden beobachte. Sie lässt mich wissen, dass sie mich will, und dennoch verstößt sie mich, nimmt sich das Leben. Wegen mir? Ich habe sie geliebt! Ich begreife es nicht.

Ich bin so in Gedanken vertieft, dass ich zwar höre, dass der Mann auf dem Sofa etwas sagt, aber es kommt nicht in meinen Gehirnwindungen an. Ich bin zu sehr mit meinem Gedankenkarussell beschäftigt, suche Antworten auf Fragen, die in meinem

Kopf hämmern. Ich höre ihn. Ja. Er spricht. Aber musste sich Mutter das Leben nehmen? Bin ich schuld? Oder gab es noch andere Gründe?
Er spricht. Mit der Katze.
Bilder aus längst vergangenen Tagen tauchen auf, und ich höre Mutter lachen. Sie hat nicht oft gelacht. Meist nur in Verbindung mit diesem süßlichen Geruch und Wein.
Nicht meist. Nur dann!
»Was hast du vor?«
Ich fühle mich mit einem Male wieder tieftraurig und vergesse völlig, wo ich mich befinde und dass ich möglicherweise in Gefahr bin.
»Was du vorhast, möchte ich wissen?«
Seine Frage holt mich zurück ins Hier und Jetzt, aber ich registriere sie nicht als an mich gerichtet.
Er redet wieder mit seiner Katze.
Nein, du Idiot! Er redet mit dir!
Was? Mit mir? Nein!
Doch!
»Hättest du vorgehabt, mich zu töten oder mir Schaden zuzufügen, hättest du es schon getan. Hättest du etwas stehlen wollen, wärst du schon wieder weg. Aber du bist noch hier, also frage ich dich noch einmal: Was hast du vor?«
Mein Herz schlägt mit einem Mal so heftig, dass ich spüren kann, wie meine Trommelfelle in den Ohren bei jedem Schlag vibrieren. Wie die Membranen einer Bassbox. Ich bin völlig irritiert.

Er spricht mit mir? Mein Kopf hebt sich wie von selbst, und ich starre zu dem Mann, der ganz ruhig auf dem Sofa sitzt, nach wie vor seine Katze streichelt und den blinden Blick geradeaus gerichtet hat. Einbildung?

»Was denkst du? Dass ich dich nicht bemerken würde? Weil ich nicht sehen kann? Weil ich blind bin? Man muss keinen besonders guten Geruchssinn haben, um dich zu bemerken. Die Tatsache, dass du stinkst, zeugt davon, dass du dich lange nicht gewaschen hast und seit mindestens einer Woche die gleiche Kleidung trägst. Das wiederum lässt die Annahme aufkommen, dass du entweder auf der Flucht bist oder kein Zuhause hast oder beides. Und jetzt frage ich dich noch ein letztes Mal und hoffe, eine Antwort zu bekommen, denn sonst bist du in Schwierigkeiten. Ich habe alle Türen verschlossen, und glaube mir, bevor du eines der Fenster auf hast, um abzuhauen, bin ich bei dir. Da nützt dir auch das Messer nichts, welches du aus meiner Küchenschublade entwendet hast.

Also ...«

Und jetzt wird seine Stimme schlagartig fordernd, militärisch provokant, kein Anzeichen von hohem Alter. Er weiß, dass ich hier bin! Blufft er? Gleiche Fragestellung wie gestern, draußen im Schnee: *Kampf oder Flucht?*

Er hat mich. Er hat mich gerochen! Scheiße, was mache ich jetzt?

»… was hast du vor?«
Ich werde antworten. Ja. Antworten. Ich gebe mich zu erkennen.
»Ich … ich bin zufällig hier vorbeigekommen. Ich bin von zu Hause weg … seit Tagen unterwegs. Ich möchte … ich war hungrig und durstig, und ich weiß nicht wohin. Ich weiß auch nicht, wo ich bin, aber …«
Schon bei meinen ersten Worten schnellt sein Kopf in meine Richtung, und ich habe das Gefühl, er kann mich sehen, mit diesen weißen, blinden Augen. Er setzt die Katze langsam mit einer Hand auf den Boden. Kampf?
Ich bin völlig überfordert, hin- und hergerissen. Taumel, wie ein angeschlagener Boxer, zwischen Panik, Angriff, Reue, Demut. Ich komme nicht zurecht mit dieser Situation und habe das Gefühl, gleich wegzuklappen. Wie damals im Keller, als ich ohnmächtig geworden war. Einfach weg.
»Du bist der Junge, der eine Woche mit seiner toten Mutter in der Wohnung verbracht hat. Jetzt verstehe ich. Sie suchen nach dir.«
»Woher wissen Sie das, ich meine …«
»Ich bin gut informiert, Junge. Auch ohne Fernseher. Ich glaube, du schätzt mich nicht richtig ein. Liegt es daran, dass mir die Sehkraft fehlt? Oder ich alt bin?
Dann hör mir jetzt mal gut zu, damit es nicht zu Missverständnissen kommt, die du bereuen könntest.

Mach keinen Fehler! Versuch gar nicht erst, die Situation hier für dich zu entscheiden, klar?! Bleib schön da unten sitzen und beantworte mir meine Fragen. Dann sehen wir weiter. Verstanden?«

Ok, gut. Keinen Fehler machen, ja. Sitzen bleiben. Der Alte ist gefährlich, ich weiß. Und er ist gut informiert. Von verschlagener Intelligenz. Zäh und schnell und vielleicht bewaffnet. Was nützt mir das Messer, wenn es zu einer Schießerei kommt.

Der war gut.

»Dann will ich mal zusammenfassen. Du verlässt dein Elternhaus, in dem sich deine Mutter eine Woche zuvor umgebracht hat. Eine Woche mit einer Toten. Du hast also einen Schuss weg, Mutterliebe allein erklärt dieses Verhalten nicht ausreichend. Jetzt tauchst du hier auf, ein paar Tage nachdem ich von der Geschichte Wind bekommen habe. Du stinkst, hast dich nicht gewaschen. Du brichst in mein Haus ein, weil du hungrig und durstig bist. Bist also auf dich allein gestellt, kannst dich nicht in der Öffentlichkeit blicken lassen, und … sie suchen dich. Vermutlich nicht das Jugendamt, um dich in ein Heim zu stecken. Ich vermute vielmehr, es ist die Polizei, richtig? Das lässt nur eine Vermutung zu: Du hast Dreck am Stecken, junger Mann. Und das nicht zu knapp!

Ich werde dir jetzt mal einen Vorschlag unterbreiten, den du nicht ablehnen solltest.

Du bleibst erstmal hier. Badest dich, machst einen

Menschen aus dir. Ich werde dir in der Zwischenzeit etwas zum Anziehen von mir raussuchen und dir eine vernünftige Portion Bratkartoffeln mit Speck machen. Bratkartoffeln mit Speck. Das Beste, was einem hungrigen Mann passieren kann, habe ich Recht?«

Er hat Recht. Und wie Recht er hat! Alleine der Gedanke an dieses Essen berauscht meine ohnehin schon benebelten Sinne. Ich bekomme die Situation nicht in den Griff, bin durcheinander. Was will der Mann von mir? Eine Falle? Ich muss wachsam bleiben, aber ich habe Hunger. Bratkartoffeln …

»Und dann wirst du mir deine Geschichte erzählen. Alles! Von Anfang an. Du kannst hierbleiben. Vorerst. Hier bist du sicher, und hier wird man nicht nach dir suchen. Das ist der Deal.«

Das ist der Deal? Was ist das denn für eine Scheiße?! Deine Geschichte erzählen? Wer hat hier einen Schuss weg?

Pass bloß auf, vielleicht hat er Leichen im Keller … also im übertragenen und wahrsten Sinne. Lass dir was einfallen. Flucht ist ja wohl keine Option mehr.

Nein, Flucht ist keine Option mehr. Aber ganz ehrlich, lieber dem fremden, blinden Mann dort drüben auf dem Sofa meine Geschichte erzählen, als wieder von hier weg müssen. Raus in die Kälte. Ohne Bratkartoffeln mit Speck. Ohne ein heißes Bad und frische Kleidung. Er wird mich nicht verraten. Der nicht. Er hat selbst eine Geschichte, die nicht jeder hören darf …

… Und so blieb ich. Ich nahm ein Bad, zog die frische Kleidung über und aß die Bratkartoffeln mit Speck, die mir der alte Mann zubereitet hatte, während ich in seiner Badewanne fast ertrunken wäre, weil ich vor Entspannung eingeschlafen war. Es waren die besten Bratkartoffeln, die ich je vorgesetzt bekommen hatte. Obwohl ich vor dem ersten Bissen plötzlich daran denken musste, dass die Mahlzeit möglicherweise mit Zyankali oder etwas ähnlichem versetzt sein könnte, fing ich an, alles in mich reinzuschaufeln.

Der alte Mann saß mir am Tisch gegenüber und wartete, bis ich alles aufgegessen hatte. Er hob mit seinen knochigen Händen den leeren Teller hoch, führte ihn an sein Gesicht, roch daran und stellte ihn anschließend in die Spüle. Ich wurde so müde, dass ich darauf hoffte, er würde mir zeigen, wo ich mich jetzt schlafen legen könnte. Aber nichts dergleichen. Er setzte sich zurück an den Tisch und forderte seinen Deal ein.

»Dann mal los … ich höre.«

Und so erzählte ich ihm alles. Von den ersten Erinnerungen meines jungen Lebens, über die Sache im Keller mit der muffigen Decke und dem hässlichen Karomuster, die Beziehung zu meiner Mutter, bis hin zu meinen Beutezügen. Ich ließ nichts aus. Es kam einem Lebensgeständnis gleich, und wenn er irgendwo in der Küche ein laufendes Aufnahmege-

rät gehabt hätte, wäre ich geliefert gewesen.
Aber der Mann saß nur da, die ganze Zeit und starrte mich mit seinen blinden, milchigen Augen an und hörte zu. Als ich mit meiner Geschichte zum Ende kam, zeigte die Küchenuhr weit nach Mitternacht.
Jetzt wollte ich nur noch schlafen, und der Mann spürte meine Müdigkeit. Er zollte mir seinen Respekt, nicht aufgrund meiner Taten, meines Lebens, sondern wegen der Offenheit, mit der ich über all die Dinge berichtet hatte. Ich hatte das seltsame Gefühl, dieser Mann würde mich irgendwie verstehen.
Er wies mir ein kleines Zimmer zu, welches ich noch nicht bemerkt hatte. Das erste was ich sah, war das Bett. Ein richtiges Bett mit solch dickem Bettzeug, wie man es nur zu Omas Zeiten kannte.
Vielmehr gab es nicht in diesem Zimmer, aber mir war es gleich. Ich wollte nur noch schlafen, und selbst wenn dieser fremde, gefährliche, alte Mann mich heute noch töten würde, es war mir gleich.
Ich hatte mir dort in der Küche mein komplettes, grausiges Leben von der Seele geredet, und es fühlte sich gut an. Es war wie eine Befreiung, und wenn heute Nacht, hier in diesem fremden Haus, mein Leben enden sollte, dann wäre es in Ordnung.
Am nächsten Morgen wurde ich durch die weiße Katze geweckt. Sie hatte scheinbar ein eingeschränktes Erinnerungsvermögen und den Tritt, den ich ihr verpasst hatte, vergessen. Jedenfalls turnte

sie mir mit ihren Samtpfoten vergnügt im Gesicht herum. Aber nur so lange, bis ich richtig wach war, dann sprang sie aus dem Bett und verschwand durch die offene Tür.

Ich streckte mich lang aus, sodass meine Gelenke und Knochen knackende Geräusche von sich gaben. Es zauberte mir ein breites Grinsen ins Gesicht, denn es war eine Wohltat, in diesem Bett geschlafen zu haben. Keine Schmerzen, keine Kälte, keine schlechten Träume und auch sonst keine negativen Gedanken. Dieses Bett war ein Segen, und dieser erholsame Schlaf war durch nichts zu ersetzen.

Meine gestrige Beichte wirkte nach. Ich fühlte mich von einer Last befreit und musste an die Zeit denken, in der ich bei meiner Oma übernachtet hatte.

Genau wie bei ihr wurde ich mit einem Gefühl von Geborgenheit wach, obwohl mir mein Unterbewusstsein permanent Gefahr durch den Fremden vermitteln wollte. Ich verdrängte alle schlechten Gedanken und tat so, als wäre ich ein willkommener Gast.

Jetzt musste ich mich der neuen Situation stellen.

Nachdem ich seine Kleidung wieder angezogen hatte, machte ich mich auf die Suche nach dem merkwürdigen Mann, dem Clanmitglied des Bösen, der mich in seinem Haus hatte übernachten lassen und der mich weder vergiftet noch erstochen hatte letzte Nacht.

Als ich durch den Flur schlich, kam mir sofort die

gestrige Szenerie wieder in den Sinn. Die blinden Augen, die so dicht an mir vorbeigegangen waren. So dicht! Er hatte gewusst, dass ich ganz in der Nähe war und mich fast berührt.

Hatte mich gespürt, gerochen, gewittert und doch hatte er so getan, als wäre ich nicht da. Dieser alte Mann war anders als andere Männer. Verschlagen. Gerissen. Dieser Mann war wie eine Schlange, giftig und unberechenbar. Ich musste nach wie vor auf der Hut vor ihm sein.

Ich fand ihn in seinem düsteren Wohnzimmer, in dem er mich gestern angesprochen hatte. Er saß auf dem riesigen, grünen Sofa, mit der Katze auf seinem Schoss, und aus dem seltsamen Kasten mit dem Trichter ertönte eine noch seltsamere Musik. So ein Gerät hatte ich noch nie gesehen. Der Trichter war aus Metall, und die Musik wurde von knackenden Geräuschen untermalt. Er saß da und lauschte, ohne sich zu bewegen. Nur seine großen, knochigen Hände fuhren behutsam durch das Fell der Katze.

Er hat auf dich gewartet.

Ja, so schien es. Aber was wollte dieser Kerl von mir? Stand er auf Jungs?

Vielleicht sollte ich doch abhauen, solange es noch möglich war.

Ich blieb im Raum stehen und beobachtete den Fremden, und mit einem Mal fand die Musik unter tosendem Beifall, der ebenfalls aus dem Gerät kam, ein jähes Ende. Nur das gleichmäßige Knacken hielt noch eine Weile an.

»Setz dich.«
Er wusste, dass ich im Raum war, trotz der lauten, merkwürdigen Musik.
Dabei war ich mir sicher, dass er mich nicht bemerkt hatte, als ich schleichend in den Raum getreten war. Ich hatte mich geirrt.
Eine Schlange! Spürte jede noch so kleinste Erschütterung des Bodens. Roch seine Beute.
»Weißt du, was das ist?«
Er deutete mit einer Hand in die Richtung des Musikgerätes, und sein Arm war so lang wie ein Fahnenmast. Er hätte mich vom Sofa aus packen können, ohne aufzustehen.
Ich verneinte seine Frage, denn ich hatte keine Ahnung.
»Ein Grammophon. Es spielt Vinylplatten ab und erzeugt Musik. Dieses Gerät ist noch aus einer Zeit, als es dich noch gar nicht gab und ich etwa so alt war wie du heute. Ja, das gute, alte Grammophon. Sucht man heute vergebens.
Und die Musik kommt aus Südamerika. Genauer gesagt aus Buenos Aires, Argentinien. Nennt sich Tango. Feuertanz. Hat etwas mit Leidenschaft zu tun.
Du hast keinen Schimmer, habe ich Recht?«
Es stimmte, ich hatte keinen Schimmer.
Er kennt ihn auch, diesen Feuertanz.
»Kann ich dir nicht verübeln nach dem, was ich gestern über dich erfahren habe.

Argentinien, ein riesiges Land mit Buenos Aires als Hauptstadt. Ich habe dort viele Jahre meines Lebens verbracht. Ein wunderschönes Land voller Widersprüche und Kontraste. Ein außergewöhnliches Land. So lebendig. Aber politisch äußerst instabil und durchzogen von Korruption. Ich habe dort auch gearbeitet. Ich bin Arzt. Ja, da staunst du, was!?
Hättest du wohl nicht erwartet. Ja. Es gab Zeiten in meinem Leben, da konnte ich sehen, meine Augen waren gesund, und mein Leben war nicht dunkel, sondern voller Leben und Farben. Ich hatte dort unten auch eine Frau und Kinder. Das ist lange her.
Komm mit, Junge, ich will dir mal etwas zeigen. Aber keine Tricks, verstanden!?
Ich tue dir nichts, wenn du nicht versuchst, mir etwas zu tun. Versuchst du es doch, bist du tot. Dessen sei dir bewusst.«
Er setzte die Katze behutsam ab und ging nach draußen. Ohne etwas zu sagen, folgte ich ihm. Er kannte jeden Stein, bewegte sich, als könnte er besser sehen als ich. An der Rückseite des Hauses gab es eine Art Klappe. Eine Holztür, die ich im Dunkeln nicht bemerkt hatte. Er öffnete sie und stellte die schweren Holzflügel auf, als wäre es nichts. Knarrend legten sie sich auf die Seite und gaben den Blick auf eine Treppe frei, die in einen Keller führte.
»Sei vorsichtig, die Stufen sind bei diesen Temperaturen manchmal glatt.«

Wir stiegen in das Gewölbe hinunter. Er musste sich bücken, um nicht mit dem Kopf anzustoßen. Ich nicht.

Es war stockfinster, aber er brauchte ja ohnehin kein Licht. Hinter einer weiteren Holztür kam dann zum Vorschein, was er mir zeigen wollte. Denn jetzt gab es Licht. Er betätigte einen Schalter, und vor mir offenbarte sich eine Art Elektronikraum mit tausenden von Geräten, Knöpfen und Kabeln. Alles blinkte und schien in voller Betriebsbereitschaft. So etwas hatte ich noch nie gesehen und schon gar nicht hier unten erwartet. Ich kam aus dem Staunen nicht mehr heraus. Der alte Mann setzte sich auf den einzigen Stuhl und betätigte ein paar Hebel. Dann zog er sich einen Kopfhörer über, aber nur über ein Ohr, das andere ließ er frei, um mich zu hören. Ich hatte nichts zu sagen. Ich wusste nicht, was das hier zu bedeuten hatte und wartete einfach.

Auf einmal ertönten Stimmen aus einem Lautsprecher. Anweisungen. Befehlsartig, aber sehr leise und verrauscht. Ich konnte nichts verstehen. Der Blinde drehte an verschiedenen Knöpfen, suchte nach Einstellungen, und plötzlich wurden die Stimmen klarer. Auch ohne Sehfähigkeit kannte er jeden Knopf und jeden Regler an diesen Geräten.

»Polizeifunk! Hörst du? Die arbeiten immer noch mit den einfachen Kurzwellen. Kannst jedes Gespräch mithören. Egal wo!«

Ich stand nur da und starrte gespannt auf die komplexe Anlage, während sich die Stimmen von Polizisten in das Rauschen mischten. Irgendwo war ein Unfall.
»So habe ich auch erfahren, dass sie dich suchen. Sieht in deinen Augen wohl veraltet aus, diese Anlage, aber eines sage ich dir, mit diesen Gerätschaften kann ich die halbe Welt abhören. Draußen, in der größten Tanne, habe ich eine Antenne installiert, die kein Mensch sieht und die über ein vergrabenes Kabel mit dieser Anlage verbunden ist.
Ich kann kommunizieren. Mit jedem da draußen. Dafür brauche ich kein Augenlicht. Ich kann alles von hier aus organisieren. Darin liegt das Geheimnis. Mein Geheimnis.«
Er ließ seine Ausführungen wirken, gab mir Zeit, diese zu begreifen und saß nur da, in seinem Drehstuhl.
Nach einer Weile schaltete er das gesamte System wieder ab und streifte sich den Kopfhörer von seinem kahlen Schädel. Dann drehte er sich auf dem Stuhl in meine Richtung und fing an zu sprechen. Seine Stimme veränderte sich wieder. Wie gestern. Als wäre er mit einem Mal ein völlig anderer.
Eine Schlange.
»Hast du schon mal den Ausdruck „Odessa" gehört? Nein? Dachte ich mir. Dann will ich dir jetzt mal etwas erzählen. Etwas, was ich noch niemandem sonst erzählt habe.«

Und dann erzählte er mir seine Geschichte. Sein Geheimnis.

Dass *er* im Prinzip Odessa war. Odessa stand für „Organisation der ehemaligen SS-Angehörigen". Er war dabei gewesen. Ihr Anführer. Er hatte in der dunklen Ära als Arzt in einem Konzentrationslager gearbeitet und hunderte, vielleicht tausende von Juden auf versteckte Wertgegenstände am und im Körper untersucht. Auf brutalste Art und Weise. Ebenso schonungslos wurden diesen Menschen die Goldzähne gezogen, bevor sie...

Alles ohne Betäubung. Betäubungsmittel waren für die verwundeten Soldaten an der Front vorgesehen gewesen, nicht für das, wie er es nannte, Judenvolk. Er hatte diese Wertgegenstände gesammelt, gewogen, kategorisiert, katalogisiert, verpackt und verschickt. Kiloweise. Sein Lohn waren jeder zehnte Goldzahn und ein großer Anteil der übrigen Wertsachen gewesen.

Ich stand da, lauschte ihm und konnte nicht glauben, was er da erzählte. Es schien alles so unwirklich und grausam, aber es gab keinen Grund an seinen Ausführungen zu zweifeln, denn er öffnete eine Holzkiste und holte schwerste Beweise hervor.

Eine Uniform. Eine Mütze mit Totenkopfemblem. Orden. Fotos, auf denen er mit anderen Gleichgesinnten zu sehen war. Und mitten unter ihnen der Chef des Ganzen.

Klein und mit Mütze. Man erkannte den Bart unter der Nase.
Die rechte Hand zum Gruß erhoben. Das Zeichen des Bösen. Das Kreuz mit den abgewinkelten Enden, auf einer fein säuberlich zusammengelegten Fahne. Ein Bajonett. Die Mächte des Bösen, direkt vor mir. Aus einer alten Truhe hervorgeholt. Die ganze dunkle Geschichte mit all ihren Gräueltaten, und dieser Mann neben mir war einer von ihnen. Und kein Kleiner. Mit Sicherheit ein Großer.
Er ist Odessa!
Der Handlanger des Teufels. Er hatte die Nazischergen und ihre Familien aus dem Land geschleust, bevor die Befreier gekommen waren und das Land in Schutt und Asche lag. Damit ebenjene ihrer gerechten Strafe hatten entgehen können und ungeschoren unter falschen Namen mit gefälschten Pässen weiter existieren konnten, irgendwo im weit entfernten Argentinien.
Er war auch derjenige gewesen, der den Menschen die Zähne gezogen hatte. Mit einer Zange, ohne Betäubung. Angeschnallt auf einer Trage. Und wenn aus den Mündern der armen Menschen kein Gold zu holen gewesen war, dann hatte es etwas anderes Lohnendes gegeben. Zumindest bei den Frauen und den Mädchen. Grenzen hatten keine existiert und Schreie ebenso nicht. Denn es war ihnen vorher ein starker Lederriemen durch den Mund geführt und am Hinterkopf verschnürt worden, damit kein Ton

nach draußen hatte dringen können, wenn er ihnen auch noch ihre Seelen nahm.
Er war das Böse!
»Das ist mein Geheimnis. Überrascht? Du hast mir deines erzählt und ich dir meines. So einfach ist das. Ich denke, wir sind quitt und wissen wo wir stehen, junger Mann. Oder wie siehst du das? Du brauchst nicht zu antworten. Aber danke, dass du mir zugehört hast. Ich denke, jetzt haben wir einen Pakt geschlossen, ob du willst oder nicht. Unsere düsteren Geheimnisse getauscht. Wir sind doch so etwas wie Seelenverwandte, was!?«
Jetzt fing der Alte an zu lachen, seine bläulich weißen Augen, deren Pupillen fehlten, wurden dabei riesengroß, und ich bekam Angst. Angst vor dieser blinden Schlange, die mich so unfreiwillig in ein Bündnis gezogen hatte, von dem ich noch nicht wusste, ob es mir gefallen würde. Im Augenblick jedenfalls noch nicht, und während er weiterlachte, dort in diesem Keller mit all seinen Geheimnissen, ging ich wieder nach oben. Draußen im Freien angekommen, musste ich mich übergeben.

Kapitel 10
Tango-Finale

Ich bin wieder auf dem Dach. Wieder in unserer Siedlung. Wieder am Anfang.
Es ist dunkel, ich sehe die Lichter der tausend Wohnungen, die wie Glühwürmer durch die Nacht leuchten.
Das hier war und ist mein Tatort. Mein erster Beutezug. Mein erstes Mal.
Was nun genau diesen Drang ausgelöst hat, hierher zurückzukehren, kann ich nicht genau sagen, aber der alte, blinde NS-Arzt, bei dem ich fast sieben Monate gelebt habe, hat Recht behalten. Er hat es mir prophezeit.
Man kehrt früher oder später an seinen Tatort zurück.
Dieser seltsame Mann mit den blinden Augen und den riesigen Händen. Diese Schlange. Er hat genau gewusst, wovon er redet. Dort unten, in seinem Keller, in dieser versteckten, selbstgebauten Kommandozentrale, inmitten all der elektronischen Gerätschaften, hat er es mir mit durchdringender Stimme vorhergesagt.
Ich habe seine alte, raue Stimme noch ganz deutlich im Ohr.
»Du wirst an deinen Tatort zurückkehren. Ganz sicher wirst du das. Ich weiß es, Junge, glaub mir ruhig.

Man kann diesem Mysterium nicht entkommen, diesem unbändigen Drang, an den Ort seiner Verbrechen zurückzukehren. Eine unsichtbare Macht, übernatürlich, wie so vieles auf dieser Erde, drängt einen unweigerlich auf den Weg zu jenen Orten, an denen man Grausames vollbracht hat. Und früher oder später auch zu dem obersten Richter.«

Als das Augenlicht dieses Mannes noch nicht vom grünen Star zerfressen gewesen war, war er problemlos unter falschem Namen in das ehemalige KZ gereist, in dem er so viel Grausames getan hatte. Heimlich, getarnt, unerkannt und im Schatten der öffentlichen Besichtigungen, hatte er sich Zutritt zu jenen Orten verschafft. Über viele Jahre. Der KZ-Arzt.

Er hat tatsächlich Recht behalten, denn nun bin ich wieder hier. Auf dem Dach jenes Wohnblocks, in dem alles begonnen hat. Anfang und Ende. Leben und Tod.

Ich sitze, genau wie früher, auf den Ziegeln am unteren Rand der Dachschräge, wo man nur wenig Platz zum Stehen hat und den Tod so deutlich spüren kann. Und wo man keine Überlebenschance hat, wenn man in die Tiefe fällt.

Ein nie dagewesenes Gefühl überkommt mich. Ein Gefühl von enormer Intensität und durchdringender Stärke, es gleicht einer Offenbarung, denn ich weiß jetzt, warum ich wieder hier oben bin. Der Kreis schließt sich, alles ergibt einen Sinn. Die weiße Kat-

ze und auch der Titel des Buches meiner Mutter ... *Und Jimi ging zum Regenbogen.*
Ich erhebe mich, schaue in die dunkle Nacht, und ohne auf meine Balance zu achten, mache ich einen Schritt nach vorne. Nun stehe ich auf diesem schmalen Dachstück, und zwischen mir und dem Tod ist nur noch die Dachrinne.
Ich muss an die Ironie meines Lebens denken, an die letzten Monate im Haus des Blinden. Die Inszenierung seines Todes. Geplant, bis ins Detail.
Die Katze, diese engelartige weiße Katze. Sie war es, die mich zu ihm geführt hat. Das Schicksal wollte, dass ich ihm begegne. Und nachdem er mich aufgenommen hatte und alles Misstrauen beseitigt war, indem wir uns unsere Geheimnisse anvertrauten, gemeinsam arbeiteten und aßen, da hat er mich dann benutzt und betrogen. Hat mir mein Herz aus der Brust gerissen und darauf uriniert. Hat meine Seele ans Kreuz genagelt und sie ausgepeitscht. Hat mich verraten und verkauft. Hat mich zu seinem Instrument gemacht in einem perfiden Plan. Hat seine Ermordung vorgetäuscht, als es ohnehin mit ihm zu Ende ging. Hat mich zum Täter gemacht, der ich doch keiner war.
Er hat sich mit einem Hammer selbst den Schädel eingeschlagen! Und kurz bevor er gestorben ist, hat er im Keller an seinen Geräten flehende Hilferufe ins Mikrofon gestammelt, dass ich bei ihm sei und ihn umbringen wolle. Diese Schlange.

Auf jenem Hammer haben sich ausschließlich meine Fingerabdrücke befunden.

Ich erinnere mich genau daran, wie er mir beigebracht hat, mit diesem Werkzeug umzugehen. Er hat Arbeitshandschuhe getragen, als er mich gelehrt hat, den Griff des Hammers fest zu umschließen, damit er bei gezielten Schlägen nicht aus den Händen gleitet und Verletzungen verursacht. Es war alles geplant.

Ich hätte auf die Stimme hören sollen. Auf die Stimme in meinem Kopf, die mich immer wieder zur Vorsicht gemahnt hat. Die mir immer wieder gesagt hat, der Mann sei gefährlich. Aber die Stimme in meinem Kopf ist irgendwann verstummt, und ich habe mich sicher und ein stückweit zu Hause gefühlt, bei diesem alten, blinden Mann mit seiner grausamen NS-Vergangenheit. Wir haben gemeinsam das Weihnachtsfest gefeiert, haben Kaninchenragout mit Kartoffelpüree gegessen und darüber Witze gemacht, weil es diese Zusammenstellung so eigentlich gar nicht gibt. Es war seine Eigenkomposition, und es hat großartig geschmeckt. Und nach dem Essen hat er mir dann ein in Zellophanpapier eingewickeltes, selbst gemachtes Messer über den Tisch geschoben und mit sanfter Stimme gesagt: »Frohe Weihnachten, junger Freund.«

Er hat mich nicht getötet, hat mich nicht zu seinem Sklaven gemacht, hat mich nicht zum Kampf gefordert und mir auch sonst keinen Schaden zugefügt.

Er hat mich bei sich aufgenommen. Hat mich gut behandelt und mir Respekt gezollt. Hat mir von Dingen erzählt, von denen ich nicht einmal hätte träumen können. Von fremden Ländern, die es zu erobern gegeben hatte. Von Feldzügen und Ruhm und Ehre. Hat mir erklärt, was Loyalität bedeutet. Hat mir gezeigt, was es heißt, zu vertrauen und zu vergeben.
Er hat mir die Augen mit einem Tuch verbunden und mich in den Wald geschickt. Hat mich gelehrt, was es bedeutet, blind zu sein. Hat mir von Liebe und Entbehrungen erzählt. Hat mir beigebracht, wie man mit einem Bajonett einem erlegten Hasen das Fell abzieht, um daraus einen wohlschmeckenden Braten zuzubereiten. Er hat mit all seinem väterlichen Handeln die Dämonen aus meinem Kopf verjagt, auf geheimnisvolle Weise. Dieser geheimnisvolle Mann, der in dieser Zeit zu einer Vaterfigur für mich geworden war und zu dem ich aufgeschaut habe.
Er hat es geschafft mir jenes Gefühl zu vermitteln, welches ich immer gesucht und nie gefunden habe. Das Gefühl von Geborgenheit. Das war es, was ich so sehr vermisst hatte, ohne es zu wissen. Geborgenheit.
Und als ich dieses wundersame, schönste Gefühl von allen, aufgenommen habe wie die Wüste den Regen, da hat er mich betrogen.

Er wollte mich mitnehmen, wollte, dass ich meiner Strafe nicht entgehe. Wollte gleichzeitig Opfer und Richter sein.

Und nun offenbaren sich mir auch seine Äußerungen über ein unsichtbares Band, mit dem uns das Schicksal zusammenhalten würde. Dass wir Seelenverwandte seien und wir einen Pakt hätten. Dass wir beide Verbrecher seien. Mörder, die für ihr Handeln bezahlen müssen.

Wenn nicht in diesem Leben, dann im nächsten.

Die weiße Katze.

Ich sehe noch einmal auf die Lichter unserer Siedlung. Sie mischen sich mit den blauen Blinkleuchten, die überall dort unten rund um unseren Block postiert sind, und ich genieße dieses bizarre Farbenspiel, das mich auf meinem letzten Weg begleitet.

Katzen sind die einzigen Lebewesen, die Gottes Plan kennen.

Ich denke an das blasse Mädchen.

Sie ist ein Engel.

Trete einen Schritt nach vorne und gehe zum Regenbogen.